安徽省高校协同创新项目
"徽州学人诗学文献整理"（KYPTXM202004）成果

㺭鏞诗选

㺭鏞 著
朱宏胜 整理

时代出版传媒股份有限公司
安徽文艺出版社

图书在版编目（CIP）数据

曹振镛诗选 /（清）曹振镛著；朱宏胜整理. -- 合肥：安徽文艺出版社, 2024.11

ISBN 978-7-5396-7962-4

Ⅰ. ①曹… Ⅱ. ①曹… ②朱… Ⅲ. ①古典诗歌－诗集－中国－清代 Ⅳ. ①I222.749

中国国家版本馆CIP数据核字(2024)第026533号

出 版 人：姚 巍
责任编辑：胡 莉　　　　　　　装帧设计：熙宇文化

....

出版发行：安徽文艺出版社　　www.awpub.com
地　　址：合肥市翡翠路1118号　邮政编码：230071
营 销 部：(0551)63533889
印　　制：安徽联众印刷有限公司　(0551)65661327

....

开本：880×1230　1/32　印张：9.125　字数：200千字
版次：2024年11月第1版
印次：2024年11月第1次印刷
定价：68.00元

....

（如发现印装质量问题，影响阅读，请与出版社联系调换）

版权所有，侵权必究

曹振镛画像

雄村一品石坊

雄村竹山书院

曹振镛故里

絪縕勻裝一緉綿烏鞾官樣迥輕便曳

來暖屋深簾底踏向晴氷小雪邊結襪

溫疑烘獸炭飛雲軟膝㝏窒氍毹不愁踐

地同東郭躺芝春四邪凍天暖鞾

辛丑冬日寒齋清眠侶成十二詠詩阮性

为又陵自書酌極恨極

梅農先生詩人也惟有噴飯而已

振鏞未定稿

曹振鏞手迹

蟬噪夜月窥仙墨
蝴蝶秋齋讀異書
映階草綠訟庭閒
繞閣花紅官舍靜

曹振镛手书对联

目　　录

前言 / 001

曹文正公诗集

苏斋批阅曹文正诗草序 / 003

一、秧马歌用东坡韵 / 005

二、采茶歌 / 006

三、织妇叹 / 007

四、春夜雨霁 / 008

五、题杨母黄太夫人照并呈哲嗣杨君 / 009

六、田家谣 / 010

七、梅豪亭歌 / 011

八、苦雨 / 012

九、焚牛叹 / 013

十、大风雨 / 014

十一、题友人小照 / 015

十二、杨门江孝贞女挽诗 / 016

十三、黄山云雾松歌 / 017

十四、太白问津处怀古 / 019

十五、郡中读书示表弟吴慧生 / 020

十六、挽赐颐伯祖 / 022

十七、射蛟台述古 / 024

十八、偕朱大澒塘游竹山澒塘即景绘图因纪其事 / 025

十九、题《松前煮茶图》/ 026

二十、东程眉山先生 / 027

二一、哭程氏姊 / 028

二二、味清十六妹招饮依莲书舍分韵得节字 / 029

二三、和东坡先生《孙莘老求墨妙亭诗》二首 / 031

二四、拟古乐府《艳歌行》/ 033

二五、木桥 / 034

二六、题小窗香雪夜论心图 / 035

二七、族叔祖心绎以菊数种见贻因酬以诗 / 036

二八、题画二首 / 037

二九、送吴慧生赴秋闱 / 038

三十、登太白酒楼 / 039

三一、夜梦先太夫人 / 040

三二、抵扬州作 / 041

三三、淮阴湖嘴登舟作 / 042

三四、德州渡晓发 / 043

三五、和题画诗 / 044

三六、书巢太守复示近诗再用前韵题于卷末 / 046

三七、题水香园图 / 047

三八、雪 / 049

三九、题《莲海一舟图》/ 050

四十、黄烈妇诗 / 051

四一、题《涤砚图》/ 052

四二、秉烛游饮 / 053

四三、题友人《游黄山诗》后 / 054

四四、代朱广文题《松鹤图》为友人寿 / 055

四五、题《戴笠图》次韵 / 056

四六、题蒲团图用前韵 / 057

四七、五月十八夜泊江宁观月初出 / 058

四八、送四弟奔讣南归 / 059

四九、反乞巧 / 060

五十、家大人告养还里命作 / 061

五一、哭女引珠 / 063

五二、逼仄行次韵 / 064

五三、题曾宾谷《西溪渔隐图》/ 065

五四、简卢南石 / 066

五五、新居即事四咏 / 068

五六、书谭勉斋先生《东蕃户制田序》
后为谭母朱宜人寿 / 070

五七、喜雨用宾谷《贺雨》韵 / 071

五八、月季花歌次宾谷韵 / 072

五九、五镜歌 / 073

六十、感赋一首 / 076

六一、郭刺史歌（代卢南石作）/ 077

六二、放言用十二神体 / 080

六三、题明人临帖册后仍用十二神体 / 081

六四、再用十二神体简浏阳令顾古樵 / 082

六五、次韵答宾谷 / 083

六六、腹疾叠前韵索宾谷和 / 084

六七、过卢南石坐谈再叠前韵 / 085

六八、饮程雪坪寓斋再叠前韵 / 086

六九、题曾苏生《姑山戴笠图》/ 087

七十、质瑗亭 / 088

七一、元宵和外舅刘竹轩先生韵 / 090

七二、题严匡山照 / 091

七三、为谢梅农题毛上舍画扇用
山谷钱穆父《赠松扇》韵 / 092

七四、日本刀歌为曾宾谷作 / 093

七五、《彭祖观井图》歌 / 094

七六、六月十二日涪翁生日拜公画像 / 095

七七、七夕乐府四首 / 097

七八、裘大西园赠蔡君谟八札墨刻用荆公
《吴长文新得颜公坏碑》韵赋谢 / 100

七九、长出椿寺九莲菩萨画像歌 / 101

八十、题黄子久《秋山图》/ 102

话云轩咏史诗

序一 / 105

序二 / 107

序三 / 109

序四 / 111

卷上

周

一、季札 / 113

二、伍员 / 113

三、范蠡 / 114

四、屈平 / 114

五、乐毅 / 115

六、鲁仲连 / 115

七、息妫 / 116

八、西施 / 116

秦

九、项羽 / 117

十、虞姬 / 117

十一、范增 / 118

西汉

十二、戚夫人 / 118

十三、李夫人 / 119

十四、班婕妤 / 119

十五、萧何 / 120

十六、曹参 / 120

十七、张良 / 121

十八、陈平 / 121

十九、韩信 / 122

二十、樊哙 / 122

二一、陆贾 / 123

二二、贾谊 / 123

二三、晁错 / 124

二四、周亚夫 / 124

二五、汲黯 / 125

二六、李广 / 125

二七、苏武 / 126

二八、卫青 / 126

二九、董仲舒 / 127

三十、司马相如 / 127

三一、张骞 / 128

三二、司马迁 / 128

三三、东方朔 / 129

三四、朱云 / 129

三五、梅福 / 130

三六、霍光 / 130

三七、赵充国 / 131

三八、疏广 / 131

三九、张敞 / 132

四十、刘向 / 132

四一、扬雄 / 133

四二、黄霸 / 133

四三、卓文君 / 134

四四、明妃 / 134

东汉

四五、邓禹 / 135

四六、寇恂 / 135

四七、冯异 / 136

四八、岑彭 / 136

四九、耿弇 / 137

五十、窦融 / 137

五一、马援 / 138

五二、严光 / 138

五三、班固 / 139

五四、班超 / 139

五五、徐穉 / 140

五六、杨震 / 140

五七、张衡 / 141

五八、马融 / 141

五九、蔡邕 / 142

六十、李膺 / 142

六一、孔融 / 143

六二、祢衡 / 143

六三、华佗 / 144

六四、班昭 / 144

六五、曹娥 / 145

六六、蔡文姬 / 145

蜀

六七、孙夫人 / 146

六八、北地王 / 146

六九、诸葛亮 / 147

七十、庞统 / 147

魏

七一、陈思王 / 148

七二、邴原 / 148

七三、管宁 / 149

七四、钟繇 / 149

七五、王粲 / 150

七六、陈琳 / 150

七七、阮籍 / 151

七八、嵇康 / 151

七九、管辂 / 152

吴

八十、桓王 / 152

八一、周瑜 / 153

八二、二乔 / 153

晋

八三、羊祜 / 154

八四、杜预 / 154

八五、卫瓘 / 155

八六、张华 / 155

八七、王济 / 156

八八、王濬 / 156

八九、山涛 / 157

九十、卫玠 / 157

九一、刘伶 / 158

九二、陆机 / 158

九三、潘岳 / 159

九四、周处 / 159

九五、嵇绍 / 160

九六、王导 / 160

九七、陶侃 / 161

九八、温峤 / 161

九九、周颛 / 162

一〇〇、卞壶 / 162

一〇一、郭璞 / 163

一〇二、葛洪 / 163

一〇三、殷浩 / 164

一〇四、谢安 / 164

一〇五、王羲之 / 165

一〇六、王献之／165

一〇七、陶潜／166

一〇八、卫夫人／166

一〇九、绿珠／167

一一〇、谢道韫／167

一一一、苏蕙／168

卷下

宋

一一二、檀道济／169

一一三、谢灵运／169

齐

一一四、谢朓／170

梁

一一五、昭明太子／170

一一六、沈约／171

一一七、江淹／171

一一八、陶弘景／172

一一九、木兰／172

陈

一二〇、徐陵／173

前秦

一二一、王猛／173

魏

一二二、高允／174

周

一二三、庾信 / 174

隋

一二四、韩擒虎 / 175

唐

一二五、杨贵妃 / 175

一二六、房玄龄 / 176

一二七、杜如晦 / 176

一二八、魏徵 / 177

一二九、虞世南 / 177

一三〇、褚遂良 / 178

一三一、狄仁杰 / 178

一三二、姚崇 / 179

一三三、宋璟 / 179

一三四、张说 / 180

一三五、张九龄 / 180

一三六、颜杲卿 / 181

一三七、张巡 / 181

一三八、郭子仪 / 182

一三九、李泌 / 182

一四〇、杜甫 / 183

一四一、李白 / 183

一四二、段秀实 / 184

一四三、颜真卿 / 184

一四四、李晟 / 185

一四五、白居易 / 185

一四六、陆贽 / 186

一四七、裴度 / 186

一四八、韩愈 / 187

一四九、李德裕 / 187

一五〇、韩偓 / 188

后梁

一五一、王彦章 / 188

后蜀

一五二、花蕊夫人徐慧妃 / 189

吴越

一五三、武肃王 / 189

宋

一五四、陈抟 / 190

一五五、赵普 / 190

一五六、曹彬 / 191

一五七、吕端 / 191

一五八、寇准 / 192

一五九、狄青 / 192

一六〇、韩琦 / 193

一六一、富弼 / 193

一六二、文彦博 / 194

一六三、范仲淹 / 194

一六四、赵抃 / 195

一六五、欧阳修 / 195

一六六、蔡襄 / 196

一六七、王安石 / 196

一六八、司马光 / 197

一六九、苏轼 / 197

一七〇、黄庭坚 / 198

一七一、林逋 / 198

一七二、陈东 / 199

一七三、李若水 / 199

一七四、李纲 / 200

一七五、宗泽 / 200

一七六、赵鼎 / 201

一七七、韩世忠 / 201

一七八、岳飞 / 202

一七九、陆游 / 202

一八〇、陆秀夫 / 203

一八一、文天祥 / 203

一八二、谢枋得 / 204

一八三、谢翱 / 204

金

一八四、元好问 / 205

元

一八五、耶律楚材 / 205

一八六、赵孟頫 / 206

一八七、余阙／206

明

一八八、刘基／207

一八九、高启／207

一九〇、方孝孺／208

一九一、铁铉／208

一九二、于谦／209

一九三、王越／209

一九四、李东阳／210

一九五、王守仁／210

一九六、杨继盛／211

一九七、张居正／211

一九八、海瑞／212

一九九、周遇吉／212

二〇〇、史可法／213

附　录

曹振镛行述／217

曹振镛传／245

曹振镛／247

民国《歙县志》曹振镛传略／255

《安徽通志》曹振镛传／257

张星鉴《书曹文正公轶事》／260

金天翮《曹文埴曹振镛传》／261

前　言

曹振镛（1755—1835），字怿嘉，号俪笙，安徽歙县人。他是一个复杂的历史人物，生前"恩遇极隆，身名俱泰"，死后被谥为"文正"，享极哀荣。但是，反对他的人说他不学无术，是个"磕头宰相"，被谥为"文正"完全辱没了"文正"两个字。这里无意为曹振镛翻案，唯排比史料，知人论世，力求客观地呈现曹振镛生平事迹。

一、雄村曹氏

曹振镛为清徽州府歙县雄村人。雄村位于今安徽省黄山市歙县西部，原名洪村。明清时期，雄村名臣辈出，有"四世一品村""宰相故里"等美称。

雄村曹氏本为徽州婺源大鳙人。曹全叕公七世孙曹文泽次子大十字仲纲居婺源大鳙；曹仲纲十三世孙端五，因户役与兄弟端六、端十皆由婺源大鳙迁居徽城南街。端五生英芝，英芝生有二子：长子定一，字子华；次子定二，字彦中。曹彦中配东关李氏，生子关一，号永卿。明洪武三年（1370）庚戌，彦中与胞兄子华一起解粮至北平，事毕南返，因积劳成疾，至镇江，逝于旅次。时其独子曹永卿年仅十六岁，父亡后，随大舅奉母李氏迁居歙县水南洪村（即今雄村），后娶村中大户洪伯英之女为妻。曹永卿勤俭能干，为人谨慎，甚得岳父洪村首富洪伯英的欢心，并受其资助，故永卿定居洪村后亦农亦商，家境日益富裕。后来，经济实力超过洪氏的曹永卿取《曹全碑》中"枝分叶布，所在为雄"之句，将洪村改名为"雄村"。曹永卿遂为徽州府歙县雄村曹氏一世祖。

迨至明朝中叶，歙县雄村出了一个闻名遐迩的"都宪公"曹祥。曹祥父曹以能乃曹永卿嫡孙，父因子贵，封赠户部主事。曹祥，字应麟，明成化二十年（1484）甲辰进士，除南京户部主事，迁郎中，出守宝庆府，教民做水车，又劝农垦辟，政府得税甚多，晋升为四川参政，历官都察院右副都御史（故时人尊称他为"都宪公"）、贵州巡抚。曹祥为官清廉，卓有政声。正德十一年（1516）贵州大旱，曹祥奉旨赈灾，带去江南荞麦种，教当地农民播种荞麦，灾民得以度荒。此后，贵州百姓将荞麦称为"曹麦"，并为曹祥建庙焚香叩拜，历数百年而不衰。曹祥年老以疾归，辛赐葬祭。曹祥死后三百余年，清代乾隆年间，曹氏族人向清廷奏准在雄村桃花坝上建筑"崇功报德祠"。如今祠虽颓圮，但祠前的石牌楼依然存立，牌楼正中"大中丞"三个字即是为纪念这位曹氏先祖、明朝"都宪公"曹祥而刻写的。据曹氏宗谱记载，在历史上，雄村曹氏族人入该祠必须具备有功于国、有德于民、有惠于乡三个条件。

曹祥生有曹汉、曹深二子。长子曹汉，以父曹祥官荫将仕郎，生平事迹，乾隆《歙县志》有载。次子曹深，字文渊，正德三年（1508）戊辰进士。其时刘瑾擅权，曹深与同榜进士百余人摭刘瑾逆迹直疏于朝，有旨罚跪午门五日，以羸成疾，授南京兵部主事，寻卒，生平事迹，康熙《徽州府志》有载。

明代雄村曹氏除曹祥、曹深父子先后进士及第之外，尚有曹楼（字世登，曹永卿来孙，雄村曹氏六世祖，明隆庆进士，授户部主事，累官至江西右参政）等多名进士、举人，雄村曹氏在明代有"一门四进士，四世四经魁"的科举佳话。

雄村曹氏耕读传家，亦农亦商，屡创科举佳话的同时，亦有业盐遂为巨贾者。

曹士琏，雄村始迁祖曹永卿九代孙，曹文埴曾祖，常年业盐于外，遂为徽州府著名盐商。至曹文埴祖父曹世昌时，曹家已经成为海内盐业巨贾，称雄两淮地区。曹文埴父曹景宸，业盐扬州，晚年归隐歙县老家，富埒王侯。曹世昌、曹景宸父子创办竹山书院，作养英才，造福乡里。

曹文埴，曹永卿十二代孙，曹士琏曾孙，曹世昌孙，曹景宸子，字近薇，号竹虚，出身于盐商世家，幼年读书于竹山书院，乾隆二十五年（1760）考中庚辰科第二甲第一名进士（传胪），选翰林院庶吉士，授翰林院编修，迁翰林院侍读学士，命在南书房行走，再迁詹事府詹事。丁父忧，服阕仍在南书房行走，晋左副都御史，历任刑部、兵部、工部、户部诸部侍郎，兼管顺天府府尹。乾隆五十二年（1787），以母老乞归，加太子太保。嘉庆三年（1798）卒，谥文敏。

二、曹振镛述评

曹振镛（1755—1835），曹文埴次子，字怿嘉，号俪笙。生平事迹可参阅本书附录《曹振镛行述》《清史稿·曹振镛传》《清史列传·曹振镛》等资料，此不赘述。

曹振镛是新安曹氏的杰出代表，历仕乾隆、嘉庆、道光三朝，一生官运亨通，从政时间长达五十三年，且能平安终老，在清代众多官宦中，几乎无人能够超越。

乾隆时，曹振镛官居侍读学士；嘉庆朝，拜体仁阁大学士兼工部尚书，并曾"代君三月"；道光时，又为军机大臣，晋升武英殿大学士，充上书房总师傅，入值南书房，赐太子太傅衔，且绘形图影于紫光阁，列为国家功臣，堪称权倾朝野，显赫无比。道光十五年（1835），曹振镛卒，道光皇帝为表彰其品节，特旨赐谥"文正"。须知，在清代将近三百年的漫长时间里，大臣死后谥号为"文正"的仅有八个人：汤斌、刘统勋、朱珪、曹振镛、杜受田、曾国藩、李鸿藻、孙家鼐。可见这是怎样的殊荣！不过，在获谥"文正"的八人中，曹振镛是最招非议的一位，甚至被清流公议为"奸臣"。

曹振镛之所以能够成为整个清代罕有的"恩遇极隆，身名俱泰"的"不倒翁""常青藤"，原因是多方面的。其为人世故圆滑，擅长趋利避害，见风使舵，恪守"多磕头，少说话"的做官"六字诀"，但要说他只是个不学无术的"磕头宰相"、贪得无厌的贪官，未免失之苛刻偏颇。

（一）曹振镛学识渊博，尤精朝廷典章制度

曹振镛"博极群书，少所成诵，老而弗忘，尤精《选》学。《两都》《三都》《两京》诸赋数十篇，应声背诵，尽卷不错一字"。有件小事，通常用来说明曹振镛情商高、为人圆滑，其实此亦可见其知识之渊博。有一年，翰林院进行大考，出了一道题为"巢林栖一枝"，翰林们竟然没有一位知道出处。道光皇帝阅卷后大怒，认为这些翰林没有学问，准备再考他们一次。第二天，道光皇帝召见曹振镛，问他这道题。曹振镛回答"不知道"。道光皇帝这才平息怒气，说："原来你也不知道，倒也不用责怪那些人了。"退朝后，有大臣问曹振镛："你昨天考试结束后，不但知道这句诗的出处，还能够背诵全诗，为什么今天回答不知道？"曹振镛回答："只是误打误撞而已。如果皇上考其他题目，我怎么能够一一回答出来？"曹振镛为维护翰林们的面子而假装不知道，诚然是情商高的表现，但道光皇帝以其学问为衡量大臣学识的标准，可见其知识渊博，已为当时君臣所公认。

不仅如此，曹振镛"考究经史，期为有用之学，随手摘录，前后抄本盈箧"。"至于阁簿科钞，一览即默记在心；朝廷之典章、时事之沿革，罔不洞悉源流，了如指掌。"他治学不为渊博而渊博，能究心实学，尤精朝廷典章制度，有实实在在的吏治能力，与那些满腹经纶却眼高手低、无处理具体事务能力的"腐儒"截然不同。拥有这般本领，自然堪当大任，颇得君王信任。

（二）曹振镛的宦绩事功

曹振镛历事三朝，清代许多文化工程皆有参与。《清史稿》曰："凡纂修《会典》、两朝《实录》（指《高宗实录》《仁宗实录》）、《河工方略》、《明鉴》、《皇朝文颖》、《全唐文》，皆为总裁。"

他领衔军机处，为平定张格尔叛乱做出贡献。1826年，张格尔聚众发起叛乱，先后攻占了喀什噶尔、英吉沙尔、叶尔羌、和田等城。道光皇帝派遣伊犁将军长龄、陕甘总督杨遇春等率军平叛。清军势如破竹，1827年底，俘获张格尔，叛乱被平定下来。其时，曹振镛为武英殿大学士、领班军机大臣。军机处设立的初衷，就是为雍正皇帝用兵西北。平定叛乱后，道光对参与平叛的功臣论功行赏，曹振镛被晋升为太傅，图像列入紫光阁的功臣榜。太傅位居三公之列，是古代最显赫的官职之一，在清朝时为虚职，一般只在朝廷重臣去世时追授。曹振镛是为数不多的在世时就被授予太傅的大臣之一。

他积极支持盐政改革，颇识大体。1830年，湖南人陶澍担任两江总督后，整顿淮盐积弊，对两淮盐政进行改革，其中核心措施是试行票盐制，即允许平民和商贩在试行州县贩运一定数量的食盐，只需缴纳一定的税费。这样一来，食盐价格得以下降，质量得到了提升，清廷的盐税收入也得以增加，唯有盐商的利益受到了冲击。"时以商人藉引贩私，国课日亏，私销日畅，至有根窝之名，谋尽去之，而太傅世业盐，根窝殊夥，文毅（陶澍卒后谥号）又出太傅门下，投鼠之忌，甚费踌躇。因先奉书取进止，太傅覆书，略曰：'苟利于国，决计行之，无以寒家为念，世宁有饿死宰相乎？'文毅遂奏请改

章,尽革前弊,其廉澹有足多者。"(《眉庐丛话》)

此外,嘉庆皇帝出巡,曹振镛以宰相身份留守京城处理政务,代君三月。能代君留守京城,是封建人臣的莫大荣光,这既是对其能力的充分肯定,又是对其忠诚的绝对认可。歙县曹氏至今以此为荣,在当地民间至今尚能听到"宰相朝朝有,代君三月无"这句俗谚。1835年,曹振镛病逝。道光皇帝下诏说:"大学士曹振镛,人品端方。自授军机大臣以来,靖恭正直,历久不渝。凡所陈奏,务得大体。前大学士刘统勋、朱珪,于乾隆、嘉庆中蒙皇祖、皇考鉴其品节,赐谥文正。曹振镛实心任事,外貌呐然,而献替不避嫌怨,朕深倚赖而人不知。揆诸《谥法》,足以当'正'字而无愧。其予谥文正。"其死而谥号文正,享极哀荣,一时风头无两。

(三)曹振镛重师友情谊,积极扶贫济困

曹振镛颇重师友情谊。他与业师查蘐林先生从游最久,老犹思念,特寄资与先生之孙,为先生修墓,置祀田。座师翁方纲为一代诗宗,首倡"肌理"说。曹振镛在门墙四十余年,酬唱之作最夥。翁方纲尝与曹振镛言:"吾门下士多矣,如老友之虚心好学,罕有其匹。"临终执其手,未忍离。曹振镛恤其孤孙,每言"此吾师一脉之传",暇即往视。他与同年程兰翘先生同居八载,亲如手足。程兰翘子侍郎恩泽为曹振镛所取士,待如子弟。裘西园先生,亦曹振镛乡榜同年。甲戌至京,每出城,悬榻以待,挑灯话雨,漏三四下,谈论不休。曹振镛尝谓"此吾总角交也",壬午秋,作《叹逝诗》二十首,于师友之谊,惓惓弗置云。

曹振镛父曹文埴视学江西，恢复南昌试院，建十二棚，增四千余席。三十余年后，曹振镛亦视学江西，试院得以在旧址上重建。歙县会馆将倾圮，曹振镛找同乡京官商量，在其倡议下，花费巨资，修葺一新。

曹氏族中，凡是应试金陵以及入京参加举子试而旅费维艰的，孀居人众而衣食不济的，曹振镛皆时加接济。其曾捐献俸余千金，寄归歙县文会书院，供族中公用。戊子（1828）夏，歙县发生洪灾，宗祠、书院墙垣皆被冲塌。曹振镛得信，即遗书族长，措寄千金作修理费。

（四）关于"磕头宰相"

生前"恩遇极隆，身名俱泰"的曹振镛颇遭清流非议。他死后不久，就有人用他的"文正"谥号写了一副讽刺对联，借吊唁名义送到他府上。其联曰："焉用文，阅试卷偏旁必黜，是以谓之文；奚有正，收炭敬细大不捐，则不得其正。"此上联是讽刺曹振镛做主考官，以文字对错、书法优劣为标准来取士；下联则是讽刺其贪污，大量收取门生的"炭敬"（取暖烤火费）、"冰敬"（防暑降温费）。葛虚存《清代名人轶事》云："若曹振镛则拘牵文义，挑剔细故，钳制天下人心，不得发舒，造成一不痛不痒之天下。洪杨猝发，几至亡国，则曹振镛之罪也。……当其得谥文正时，当世已有不文不正之谤，则振镛之罪恶可知也。……自曹振镛在枢府，挑剔破体帖字，不问之工拙，但作字齐整无破体者，即置上第，若犯一帖字，即失翰林。海内承风，殿体书直成泥塑，上习阘茸，厌厌无生气，皆曹振镛所造成也。"

收取门生的"炭敬""冰敬"是科举时代约定俗成的惯例，不独曹振镛有此举，不可以此苛责他。以文字对错、书法优劣为标准来取士，有朴学学风影响的因素，其他考官也喜欢如此操作，曹振镛只不过比别人要求更严格罢了。在八股时文"代圣人立言"的禁锢下，思想内容陈陈相因，毫无新意；八股程序固定，章法技法也是发掘殆尽。先看文字对错、书法优劣，或许是当时最好的办法。字都写不对、写不好，又焉论其他？曹振镛所取之士，优秀者不少，尤其不乏能吏干吏，其中著名者，便有潘世恩、林则徐等人。我们不应过于苛刻地要求古人。

当然，根据字之优劣来判卷，必然有走眼的时候。如著名思想家、文学家龚自珍，就因为"楷法不中程"而被曹振镛拒之于翰林院外。我们在这里替曹振镛说几句公道话，并不是为了将他翻案成一个完人。事实上，曹振镛圆滑世故，是官场老狐狸，其在迎合主子的路上流毒深远，影响很坏。

道光继位后，面对"高盈数尺"的奏折发愁，但又担心不看奏折，臣子们趁机蒙骗自己，更怕假手于人会导致大权旁落，因此深感为难。曹振镛迎合"圣心"，出谋划策道："皇上几暇，但抽阅数本，见有点画谬误者，即用朱笔抹出。发出后，臣下传观，知已览所及，细微不遗，自不敢迨忽从事矣。"这样既不用看许多，又能够让臣子知道皇帝连错别字这样的小谬误都能看出来，从而根本不敢蒙骗皇帝，这种馊主意堪称一举两得，当然能够讨得皇帝欢心。于是道光皇帝大喜，又给曹振镛加官晋爵。只是此风一出，一时间臣子们就把心思全部放在练习书法上,所有奏折都是工工整整的楷书,至于内容就不在乎了,因为他们都知道皇帝是只看书写不看内容的。因此,时人评论说:"道光以来,世风柔靡,实本于此。"

道光皇帝提倡节俭,衣服破了,舍不得扔掉,缝缝补补再接着穿。特别是他的套裤,膝盖处破了,他让人在上面补了一块圆绸,这种做法叫打掌。可是,道光帝打一个补丁要五两银子,他至死都不知道补衣比老百姓买新衣还要贵。而且上有所好,下必甚焉。在道光的带领下,满朝文武纷纷穿上打补丁的衣裤,一时之间,造成京城破旧衣服价格飞涨、再高价格也抢不到手的可笑局面。官员们甚至将新衣服剪出破洞补上,伪装节俭。而这些行径的始作俑者便是曹振镛。赵尔巽曾谓"宣宗治尚恭俭,振镛小心谨慎,一守文法,最被倚任",很隐晦地对曹振镛的行为给予了批评。

此外,据朱克敬《暝庵二识》记载,曹振镛唯其生平荐历要津,一以恭谨为宗旨,深恶后生躁妄之风。门生后辈,有入谏垣者,往见,辄诫之曰:"毋多言,毋意兴。"由是西台务循默守位,浸成风气矣。晚年恩礼益隆,身名俱泰。门生某请其故,曹曰:"无他,但多磕头,少开口耳。"道、咸以还,仕途波靡,风骨销沉,滥觞于此。此即"磕头宰相"一说的来源,人们常用此事来讥讽曹振镛处事老于世故,为人庸碌无为,为官八面玲珑,融通圆滑。位高权重、名满天下的曹振镛会不会讲这类自打耳光、自毁清誉的话,本身就值得怀疑。若真讲了这样的话,我们也当在具体语境中去理解它,而不是见到"磕头"就想到一副奴才相。事实上,作为持重务实的政治家、承平宰相，曹振镛最注重的是思想统一性和行政执行力。他自己对皇帝是绝对执行，自然也要求下级官吏门生绝对执行，做到多磕头，少说话。

在动辄得咎、"避席畏闻文字狱"的专制统治时期，不能做到"多磕头，少说话"，注定是走不远的。"不倒翁"曹振镛对此有清醒认识。《清代名人轶事》记载："嘉庆十八年（1813），天理教匪林清遣贼入禁城为乱。时上幸热河，闻变，近臣有以暂行驻跸之说进者，文恭请回銮，继以涕泣；而文正在京师，于乱定后镇之以静，畿甸遂安。时有无名子撰一联嘲之云：'庸庸碌碌曹丞相，哭哭啼啼董太师。'二公闻之，笑相谓曰：'此时之庸碌、啼哭，颇不容易。'文恭初加太子太师衔，人有尊以太师之称者，公辄笑辞曰：'贱姓不佳。'后二公皆加太傅衔。文正訏谟远猷，小心翼翼，历相两朝，福寿近世罕比。余于二公皆姻家，故熟闻之。"曹振镛因为姓曹，与大奸相曹操同姓就招猜忌，整日战战兢兢，如履薄冰，不得不愈加小心翼翼。此就可见"多磕头，少说话"背后残酷的真相了。没有人天生是奴才，是专制统治将人压制成了奴才！

本书整理曹振镛诗歌，选取《曹文正公诗集》一卷、《话云轩咏史诗》为整理内容，以2010年上海古籍出版社出版的《清代诗文集汇编》443册所影印的曹振镛《苏斋批阅曹文正诗草》《话云轩咏史诗》为底本，附录部分曹恩濚《曹振镛行述》则是以中州古籍出版社2017年据吉林省图书馆馆藏清道光红格稿本所作影印本为底本。书中异体字、符号标注等皆参照安徽古籍丛书校点注释通则。本书为安徽省高校协同创新项目"徽州学人诗学文献整理"（kyptxm202004）系列成果之一。本书责任编辑细致严谨，认真负责，在此致以衷心的感谢！

朱宏胜

二〇二三年于黄山学院

曹文正公诗集

苏斋批阅曹文正诗草①序

曹文正公，名振镛，字怿嘉，号俪笙，徽州歙县之雄村人，生于乾隆乙亥十月，年五龄，其母程太夫人教以唐诗，即能成诵。己亥恩科乡试中式十九名举人，座师为大兴翁覃溪先生方纲②。辛丑成进士，历官至太傅、武英殿大学士，事乾隆、嘉庆、道光三朝以来，赐诗图像，恩遇之隆，旷世鲜有。卒年八十一，为道光乙未岁也。

其父文敏公，名文植，字荠原③，乾隆庚辰进士，历官至户部尚书，年五十三即以母老陈情乞养归。时公已入翰林，册内有文敏命作纪恩诗古体一首，即其时也。

---

① 原抄卷首"苏斋批阅曹文正诗草"九字为王仪郑所题，故有题款"后学王仪郑题"。王仪郑，又名王伯恭（1861—1921），原名锡鬯，字伯恭，别署公之侨，清末民初安徽盱眙人。举人，国子监学正，翁同龢得意门生。曾入张之洞幕，与马相伯使朝鲜为国王聘客，著有《蜷庐随笔》。

② 大兴翁覃溪先生方纲：翁方纲（1733—1818），字正三，一字忠叙，号覃溪，晚号苏斋，顺天大兴（今北京大兴）人。清乾隆十七年进士，授编修。历督广东、江西、山东三省学政，官至内阁学士。精通金石、谱录、书画、词章之学，书法与同时代的刘墉、梁同书、王文治齐名。论诗创"肌理说"，著有《粤东金石略》《苏米斋兰亭考》《复初斋诗文集》《小石帆亭著录》等。

③ 名文植，字荠原："名文植"，一作"名文埴"；"字荠原"，一作"字近薇，号竹虚，一号荠原"。

丁巳八月，拜视学广东之命，公因祖母朱太夫人年逾九旬，请假顺道归省。文敏扶掖太夫人坐堂上，公彩衣拜谒。文敏作诗四律以志喜，有"堂中母老休言老，膝下儿荣更觉荣"之句，一时传为美谈。

公笃于师友之间，覃溪先生负一时重望。公在门墙四十余年，酬唱之作最多。先生尝与言："吾门下士多矣，如老友之虚心好学，罕有其匹。"临终犹执公手，未忍离也。公恤其子孙，每言"此吾师一脉之传"，暇即往视之。

是册为文正官翰林时手书，苏斋先生以师弟之亲，详加评注，诗律尤严，洵为后学之矩矱，不仅赏其书法之妙已也。今夏与文正裔孙曹君少璋名金銮，同客武昌，出以赠余。捧读之下，具见北平诗学①，衣钵相传之意，奚啻球图②珍之耶？

光绪乙巳十一月廿日后学吴江沈塘雪庐③重装并记于鄂州节署④

---

① 北平诗学：参见前注"大兴翁覃溪先生方纲"。

② 球图：指天球与河图，皆古代天子之宝器，见《尚书·顾命》。清纪昀《阅微草堂笔记·如是我闻四》："赏鉴家得一宋砚，虽滑不受墨，亦宝若球图。"

③ 沈塘：《广印人传》作沈唐，字莲舫，号雪庐、杞庐，斋堂为茶龛、多竹亭、多竹盦、晋敦馆，生于清同治四年（1865），卒于民国十年（1921），世居江南吴江芦墟镇雪巷村。

④ 本诗稿题记后，正文前有批语："藻韵有余而肌理不密。癸丑六月小石帆亭上书"，又有"肌理之所以胜，则非一语能尽。甲寅十二月廿一日覆看一遍。覃溪"。

一、秧马歌用东坡韵[①]

郊原有潦何凄凄，东菑笠聚秧马齐。
束藁为饰身障泥，坐喜一日回万畦。
饲非牛犊坶非鸡，不蹶不啮亦不嘶。
汉阴丈人瓮欲提，徒羡桔槔高复低。
禹乘四载锡元圭，乃以乘橇当轮蹄。
乍没则凫浮则鹥，茸茸翠刻还分赍。
缀之《禾谱》增一题，走陌之东阡之西。
以迓田祖击鼓鼙，无汗亦复浴涧溪。
金钱布埒从安栖，昂其首尾饥无啼。
筋力慰我瘦且蔾，背轻腹滑何倾陊。
薄晚妇子携深闺，笑看骏马匹锄犁。
绝尘不复求骐骥。

---

① 此诗天头有批语："此不当存。"首句"潦"旁有批语："此字已衍。""缀之《禾谱》"句旁有批语："太支衍。"

二、采茶歌[1]

麦浪盈千畴,桑阴迷半坞。
村娃四五采山茶,大儿高歌小儿舞。
斜溪曲径取次行,一树花开空复情。
攀棘扪萝伸小爪,先者笑后多笑少。
此胜提筐相喧哗,彼负徐行生懊恼。
归途犹自赌来朝,当夜无眠争破晓。

---

[1] 本篇天头有翁方纲批语:"删。"

三、织妇叹[①]

二月采新桑,三月贮新茧。
几家相约鸣金梭,万缕冰丝手中转。
秋风吹暑号孤蝉,秋霜凝寒飞平川。
盘云拂蕊空年年,日无暇食夜无眠。
织成五色迷霞雾,他人衣锦我衣布。
寄言朱门窈窕娘,莫令污泥上罗裳。

---

① 本篇天头有翁方纲批语:"亦不能存。"

四、春夜雨霁[①]

春林青葱晚烟闭,斗室无声风细细。
小窗论心三两人,佳酿半开心共醉。
突兀窗间起白峰,碧天陡作夏云势。
但见屋角走雷霆,移烛藏书避精锐。
急雨奔腾状怒涛,地卷风回篱瓦敝。
老龙逐电争盘旋,余腥充塞纷扑鼻。
山村响竞万马驰,危坐不言魂自悸。
须臾云薄雨脚收,柳色淡笼新月霁。
一拳危石立宵分,花气依人袭长袂。[②]
痴情旖旎不知眠,拾得残红遥可寄。
相约来朝破晓行,数尽溪边山万髻。

---

① 本篇天头有翁方纲批语:"删。"
② "花气依人袭长袂"句"长"字旁有翁方纲批语:"多衍之字。"

五、题杨母黄太夫人照并呈哲嗣杨君[①]

关西夫子几千载,关西余韵今犹在。
欲昭母德作画图,一一毫端具真宰。
与君相知托素心,重君仁政弦歌音。
公余登堂我来拜,前陈母教垂华簪。
窗西别置乌皮几,几上慈云浮茧纸。
为言画工曾绘图,敢索新诗附纸尾。
展对逾时我肃然,有此母应有此子。
由来封鲊示清风,乐事含饴济其美。
画中看画画何如,兴致萧疏水竹居。
愧我竟无如椽笔,好俟他年中垒书。

---

① 本篇首有翁方纲批语:"应酬之作,本不应存。"

六、田家谣[①]

春田老农闻社鼓，仰天忧晴复忧雨。
带星携锄原上耕，少妇馌饷大妇煮。
今朝相约刈麦黄，招呼明日插新秧。
秧抽万顷稻花香，晓色朦胧烟树苍。
熙熙村酿贮一壶，争托邻儿输岁租。
邻儿归言城郭盛，妇子瞿然侧耳听。

[①] 本篇天头有翁方纲批语："删。"

七、梅豪亭歌①

古来倜傥非常之士虽跻攀,惟有豪气长存天地间。
更几百载不可以磨灭,一经题品超庸凡。②
即观杜公之名传自宋,有才终不为世用。
偶然丰山手植一枝梅,梅不足重以人重。
吾闻杜公当日人中豪,曼卿永叔乃其曹。
或者亦尝慷慨悲歌此树下,月夜窃听翠羽鸣啁嘈。
然而豪于诗者不闻以诗探花信,豪于酒者不闻以酒浇花径。
直至于今始得名公一表扬,然后梅豪梅豪呼之而欲应。
筑以亭,命以名。
亦如处士之梅孤山生,凡木不敢争枯荣。
不然终老深山傲冰雪,岁久不识谁人植。
何以见此梅者见杜公,昔年豪气充今日。
对公树,为公歌。
从今手植常摩挲,大江南北人吟哦。
纵使风号雪虐不复豪兴减。
梅兮梅兮奈尔何!

---

① 本篇天头有翁方纲批语:"此首稍见气格矣,然亦不入格,亦当不可存。"
② "超庸凡"旁有翁方纲批语:"此硬,不可通。"

八、苦雨[①]

初雪龙公不试手，四旬蒙蒙湿云厚。
散丝或如谷雨前，倾盆复似黄梅后。
潆潆江势吞平堤，决决水声乱寒宙。
路岐积潦一尺深，瓦沟急溜三更陡。
纪时缇室飞葭灰，风作严威近九九。
贫家妇子思御冬，诛茅正欲入林阜。
泥深磴滑不可行，一束薪刍亦何有。
由来三白兆岁丰，铺地六花敌琼玖。
碧翁如使雨为雪，匪特无愁且翘首。
凄凄有渰复奚为，天道盈虚倚伏久。
毗阴辗转恐毗阳，甘泽愆期误春耦。
安得凌虚扫墨云，晓放晴曦照枢牖。

---

① 本诗天头有翁方纲二批语，一曰："删。"一曰："此最软弱。'由来'二字非大力量不可用。"

九、焚牛叹[1]

六月十日傍晚,邻家不戒于火,耕牛死者三,作《焚牛叹》。

世间万事唯农苦,犁云耕雨牛力辅。
朝来牵向东皋边,力竭气喘汗如雨。
夕阳初下归乌犍,引犊行行阡陌连。
木栅开处驱之入,防闲周至恐未然。
驱蚊忽借烟光浓,燎之方扬茅檐冲。
爱之翻若欲其死,母牛煨烬子牛从。
我闻夜半屠门开,一声血泪交并来。
兹何就死与归似,寂寂不闻雷鸣哀。
嗟哉东邻大愚人,寝上由来忌积薪。
以蚊刺牛缩蚊喙,以牛殉蚊戕牛身。
庶人之富数畜多,祝融顷刻全搜罗。
搔首讵识天地意,去此终奈原田何?

---

[1] 此诗题目为编者所加。本诗天头有翁方纲批语:"删。"

十、大风雨[①]

凌晨窗间惊见奇峰走,大风飒飒一线从空漏。
腾腾变化万种吐烟云,怪石乱插欲倒根根瘦。
倏尔急雨一泻奔平原,宛然瀑布千丈落下水纹绉。
人家待取荆棘以为炊,空羡山林森森列山首。
老樵尚难得路登山巅,何处折薪荷来门前售?
庶几振翮万仞长飞来,可许深岩营巢借孤岫。
我爱山中境僻少人居,望此欲携囊橐相与就。
惜哉一椽直上参青天,莫得匠人为登绝顶构。

---

① 本诗天头有翁方纲批语:"删。"诗题旁亦有批语曰:"九言以外,非真力量不能。"

十一、题友人小照

天风漫空飞平沙,天公执轴催年华。
万象变灭当顷刻,暮为浓云朝红霞。①
人愚不识幻中幻,日坐巨海浮孤槎。
春风吹起欢悲梦,零落不饶富贵花。
谁识真如揭真谛,谓心无生身无家。
拂衣脱履倚双树,传灯渡筏缘三车。
岂知造化绝色相,行所无事时靡差。
记取菩提持自在,先令尘念生萌芽。
蜃宫贝阙何处是,青琳之宇浮岚遮。
香云花雨渺不见,茫茫大海相咨嗟。
恍兮惚兮情难决,空付人生一笑哗。
君非餐风服道者,戏说大千惊龙蛇。
嚣不能污寂亦可,九窍空洞奚忧邪。
青铜万里走碧海,拈花微笑天无涯。

---

① "暮为浓云朝红霞"句之"云"字旁,翁方纲有批语云:"宜仄。"

十二、杨门江孝贞女挽诗

苍松古柏凌虚空，高高千仞吹烈风。
一支特立女贞木，坚心劲节将毋同。
君不见江氏有女女中豪，少小立志高同曹。
未及于归女萝断，实惟我特从髡髦。
可怜有家仍无家，琴弦不鼓灯不花。
到共牢时惟同穴，进空房后只衣麻。
贞心更以孝思切，不愁夫死愁姑疾。
妇兼子职荼苦茹，十九年来如一日。
姑疾弗瘳天方虐，而敬扶持侍汤药。
挞之流血不敢怨，怀抱分明姑未恶。
百年禋祀念螟蛉，谁料孤苦仍零丁。
妾夫无子身难死，妾夫有子目已瞑。
依伦入继延门绪，未亡人归一抔土。
既贞且孝并二难，虽死犹生卓千古。
身未分明力独支，黄泉犹及见夫时。
试将十九年中事，说向夫前知不知。

十三、黄山云雾松歌①

黄山之松，根石而叶云，生长空际，千年一握，曰"云雾松"，作歌状之。

我闻黄山之松节概超尘寰，森森独立苍茫间。
扰龙卧龙盘万仞，凌空拔地谁跻攀？
此本巧夺碧天色，拨云团翠变新碧。
千伐千洗束翠筋，一注一蟠掉神力。
但见欲落不落摇罡风，枝枝倒挂金芙蓉。
绝壁陡绝不可上，千年结顶凌秋冬。
饱阅风霜老龙伏，遮尽高峰峰六六。
云耶雾耶未可知，之而鳞爪拿山麓。
山麓托根山并高，夜静万壑风骚骚。
摵摵兮欲下千山之白鹤，飙飙兮如飞八月之银涛。
偃蹇不受大风号，婆娑独守君子操。
虬髯尘尾无时无，野鸟山禽飞不到。
我来一望仙茅长，大年小年谈星霜。
松筋石骨奇且瘦，霜皮裂尽枯鳞伤。

---

① 此诗题目为编者所加。此诗首句天头处，翁方纲有批语云："亦不能存。"

不知已阅几人世,寸尺具有凌云势。
自成结构悬崖间,谁把短镵剧天际?
对松树,为松歌。
坚心劲节含太和,根盘介石不改柯。
更几百载乃可得,一握一握为笑无几何。

十四、太白问津处怀古①

崆峒问道广成住,壶公卖药长房顾。
谪仙不见地行仙,千古艰难一际遇。
昔年隐者许宣平,服食餐霞得真趣。
咄哉太白欲从游,千里命驾如访故。
蒹葭洄溯道阻长,云水苍茫前问渡。
渡口无人舟自横,临流一唤惊鸥鹭。
回头是岸见炊烟,山转川回未得路。
逢人借问许公家,知在数竿修竹处。
不闻空谷响足音,徒见幽林滴竹露。
所问即为所访人,交臂失之恍然悟。
平生会合信有缘,岂是仙源出路误。
拂衣还上酒家楼,醉后深情托豪素。②
碎月滩头影未圆,浣纱埠外天将暮。
即看丹灶尚依然,鸡犬云中不知数。

---

① 此诗天头有翁方纲批语曰:"不能存。"诗题旁有翁方纲批语曰:"题不佳,涉于尘矣。"
② "醉后深情托豪素"句旁有翁方纲批语曰:"总坏在此等熟套之句。"

十五、郡中读书示表弟吴慧生

人生各有四方志,读书尚论千古事。
《三坟》《五典》探其原,四部《七略》穷其意。
无文之中生至文,无味之中含至味。
不至甚解心茫如,先使我无置身地。
一物一理引而伸,分以群者聚以类。
学饱才馁学不成,才富学贫才亦弃。
郑公能悟《钟山铭》,束晳能言曲水义。
要在了了通心神,岂恃便便夸腹笥。
以我驭古古为用,以古强我我为使。
大文日在天地间,惟人有至有不至。
辟如高山天作之,千状万态真妍媚。
登其巅者勇往前,反自崖者逡巡避。
日以疏兮日以远,道即大路安可致。
自古至今几千载,韩柳欧苏空渺企。
一代数人文数篇,此手此笔谁肯易。
我今与子皆少年,胸中须具凌云气。
文人之文诗人诗,不争一时争万世。
洗尽俗眼千斛尘,披云拨雾江天霁。
我不敢知藏名山,我不敢知传六艺。

精理先与古人通，天造地设心神契。
读破万卷乃能尔，不然与我终无济。
喜子读书能工文，愿子读书先识字。

十六、挽赐颐伯祖

秋尽黄花残露泫,林皋木叶飞千片。
忽惊夜陨老人星,叆叇浮云颜色变。
记公当年客汝南,予之伯祖相友善。
惟公古道常照人,才识亦复推干练。
温温气味胶漆投,矗矗言词尘屑敛。
时予伯祖同起居,月夕花朝开雅宴。
关心事诉翡翠窗,怀远书写琉璃砚。
朱亥有才托市门,马周飞札通邮传。
悠然潜神在九渊,龙蠖之屈谁能见。
念我禀训侍堂前,闻之老祖心窃羡。
又见饮中记八仙,老祖惟公尝缱绻。(予祖聚里中之齿尊者为八仙,会公在其中。)
红树村庄数往还,青山屋宇还依恋。
今年公病卧楼中,吾祖登床曾会面。
怜公病骨渐支离,握手唏嘘泪如霰。
谓予小子谨记诸,族属老成此其选。
落落如公能几人,伤心逆境空遗怨。
痛比西河目尚明,达如南郭家无媛。
螟蛉有孙幸不殊,式谷似之教未倦。

一经诗礼昔曾传,此日苍茫绪谁衍。
稚川徒有济人心,谁教姓氏流传遍。
呜呼!
天将何以报善人,成佛升天惊掣电。
里中相杵不闻声,一束生刍看泣奠。
所闻所见事俨然,谱入《薤歌》情难遣。
他时重看芙蓉花,愁听栖乌啼竹院。(公手植芙蓉数百本)

十七、射蛟台述古

篁墩湖水浊似泾，云雨出没风波腥。
几时湖底穿蛟窟，物异往往通神灵。
当年忠壮称善射，恍惚道人遇深夜。
云是两雄相厄时，穿杨之技愿一借。
诘朝抽矢更弯弓，一望波涛汹涌中。
不见道人见牛斗，道人与牛将毋同。
猛然记得梦中述，白练者吾今困厄。
遗以一矢黑者伤，湖水一时尽变色。
吉阳滩下水悠悠，死者不报生者仇。
何物雕翎方出彀，顿教蜃气不成楼。
但就其危岂望报，公之神武谁能效？
我来吊古空茫茫，有人坐雪寒江钓。

十八、偕朱大㴱塘游竹山㴱塘即景绘图因纪其事

维秋七月日丁丑,凉风陡作南山口。
声摇绿野修木号,影散青峰薄云走。
一泼万斛填胸尘,扪萝扫石招我友。
竹溪小艇横斜阳,举篙径渡长汀柳。
路转山腰寻茅庵,危滩远磬响相扣。
入门突兀佛庄严,松涛萧萧撼高牖。
烟霞变灭眼界中,披襟指点闲话久。
万瓦参差远近村,孤亭寂历东南亩。
归帆远带鸥鹭奔,悬瀑时效蛟龙吼。
意气纵横绝壑空,如吞云梦之八九。
晚钟杳霭动幽林,早使禅心破诸有。
高歌唱和出晴岚,不识谁先更谁后。
水光依依淡香冥,悠哉可傲飞仙薮。
海阳朱子绘事工,图成仿佛摩诘手。①
此中真意不可言,还问归途老樵叟。

---

① "图成仿佛摩诘手"句"摩诘"旁有翁方纲批语曰:"浮尘。"

十九、题《松前煮茶图》

奇松突兀凌霄节,意境萧然景清绝。
露随花落细珠圆,风挟涛鸣肤粟结。
有客林间茗自煎,襄阳意兴同高洁。
披图动我故园心,山斋几树干如铁。
何时渴饮坐松前,尘拂清言飞玉屑。

二十、东程眉山先生

塞鸿一一江南去，秋色怀人不知曙。
回首乡间几老苍，先生古道惟敦素。
出世如来金粟身，溯回秋水蒹葭趣。
五千《道德》口频哦，一卷《楞严》手为注。
常时家塾肯相过，每指青天拨云雾。
索句难忘一字师，澄心敢乞三隅举。
君因不试故多能，我自无知愧童孺。
格言正语日纷纶，尤愿居家急先务。（先生曾刻《居家必备》一册，故云。）
晨钟暮鼓启颛蒙，惆怅鸡鸣隔风雨。
笑予握管学临池，何意溪藤索书屡。
游戏挥毫出手难，巾箱扃镭空牢固。
运水担柴底事忙，零缣剩幅寻无数。
先生先生莫漫嗔，秋蛇春蚓不足珍。（先生曾以素册索书，后为人攫去，无以应命，良用自愧。）

二一、哭程氏姊

翔风飒飒迎长节，一夜回飙堆素雪。
悲哉阿姊隔重泉，令我肝肠真断绝。
忆昔孝养称婉愉，淑慎其身贤且哲。
施礜执帨归名门，绣带传来合欢结。
内政惟处鼎箫修，同心有助盘匜洁。
五年于兹历暑寒，俭勤不事繁华设。
曷澣曷否归宁来，父母顾之心则悦。
如何有疾竟弗瘳，二竖膏肓侵其骨。
攻之不可达不及，遂尔变症生仓猝。
华年不永古所哀，况有呱呱方两月。
两月未得长相依，三日携持即永诀。
我来视疾到床前，痛矣精神先恍惚。
人生到此岂无言，含泪相看不能说。
悲莫悲兮生别离，生离已难况死别。
往事回头廿一年，日居月诸去如瞥。
世间霜色苦凄清，天上电光惊幻忽。
趋庭我闻哭之恸，欲前劝止先呜咽。
昔年登堂绮席张，今岁枕尸椒酒醊。
白云离恨两茫茫，冷尽梅花不堪折。
寒灯夜静寂无人，冰箸堕檐声惨切。

二二、味清十六妹招饮依莲书舍分韵得节字

主人不饮好饮客，特筑糟丘集筵设。
宾朋满座春风生，雨后晴光景清澈。
天半还飞刘子霞，户外那立程门雪。
衣冠不设何洒然，词波四起凌霄节。
乐令传清言，江淹侈奇说。
阮籍契金兰，王恽霏玉屑。
形忘尔我相歌呼，杯酬宾主时更迭。
兰肴山积酒渊流，盘餐一一珍奇列。
或传银海朱颜酡，或叵金罗白波折。
架上千条大宛垂，窗前一响鸣蝉咽。
主人好古日成癖，搜罗博采永秘黄庭诀。
连篇做阵诗句披，泼墨随形画图阅。
流传至今今几秋，青天一见云雾瞥。
酒酣有客前致辞，此境此会真清绝。
坐上春秋总计五百岁有奇，自时厥后即以大椿纪年月。
做歌纪事古有之，刻烛分题幽意揭。
倡予和女何相推，举首谁为建安杰？
綮昔韵谱沈约编，援据四声多转切。
蜀笺联挂吴兴书，摘韵分拈义各别。

群公共夸词彩敷,小子深恐才格劣。
从来落笔计千古,奇光岂肯终磨灭。
太白飞扬思不群,杜陵老大才非拙。
共抒己见将毋同,道若大路宁回辙。
壮士剑为知己投,童子鸿不因人热。
濡毫吮笔成长歌,胸中欲吐空搜抉。
自问年来去住无常时,蓟北江南常絮絮。
何时重侍华筵开,酣歌一醉金樽凸。

二三、和东坡先生《孙莘老求墨妙亭诗》二首

金石之寿齐冈陵,那及墨海烟云腾。
双钩摹拓仅皮相,如骏市骨壁画鹰。
况经风雨互剥蚀,苔藓绣涩无锋棱。
如何好事霅溪守,搨纸不啻敲残冰。
岂知古人神所聚,呵护亦有灵爽凭。
贞珉自等完璞爱,断石讵以破璧憎。
龙跳虎卧有遗迹,绝胜蛇蚓涂笺缯。
爬罗剔抉出榛蔓,直作玉检金泥登。
高亭辟地占山水,椽笔记事求友朋。
坡翁题诗更自写,至今宝气辉刿藤。
守骏以跛追魏晋,譬彼七祖传然灯。
想见飘空墨花落,千载叹息同抚膺。

东坡晚岁归毗陵,诗囊海气犹上腾。
先年抗疏忤执政,驱逐鸟雀如鹯鹰。
莘老亦以言事黜,风节凛凛森觚棱。
两人相视各莫逆,双清心迹壶映冰。
文章有神交有道,杜陵诗史洵可凭。
从来论定在千载,后世所爱当时憎。

东坡遗迹今已寡,黄金价重尺寸缯。
亦如炎宋望魏晋,残碑断碣华堂登。
墨妙亭成乞诗记,庶知我者惟良朋。
深檐大厦在何许,藓墙苔壁萦枯藤。
转眼桑田变沧海,考古空惜挑青灯。
吴兴新集一回读,茫茫百感填胸膺。

二四、拟古乐府《艳歌行》

景星庆云争先睹,竞作《霓裳羽衣舞》。
名花被服丽且鲜,乐奏宫商琴瑟鼓。
吴讴越吟续未央,朱弦疏越声何长。
学歌先学《将进酒》,梨花柏叶纷清香。
罗衣处处御炉绕,露华浓艳知多少。
仙云帝乡应有期,俯视下方还缥缈。
玉屏帐上生芙蓉,枝枝叶叶多相从。
幔亭彩屋日和煦,紫泥封册何重重。
瑞气东来雉羽扇,佩玉鸣銮上金殿。
尧天舜日字当中,遥望蓬莱开曲宴。
奉恩复道谁最多,鸣盛之音安以和。
春花灼烁春风奏,一曲云璈竟若何。

二五、木桥

嵯峨数里峰蜿蜒，峭壁屹立松盘巅。
两岸隐隐含苍烟，其间浩浣奔长川。
行人到此不得前，水波洄洑裳难褰。
印须我友川无舡，闻言小径堪攀缘。
径转有桥断复连，桥不盈尺临深渊。
朽木况以朽索缠，飞渡亦惟鹰与鸢。
下此且欲愁猱猿，仰瞻一线之长天。
四顾百尺之飞泉，岸傍却立心茫然。
中有健者争其先，负之而趋勇力全。
须臾已至岸东偏，放意忽忽如飞仙。
回首石面悬湍溅，涉险胡将身弃捐，
公无渡且听禽言。

二六、题小窗香雪夜论心图

淡荡之心冷如水，峥嵘之骨坚如铁。
灯前相对两忘言，人影梅花共清绝。
感君不拒尘埃客，窗外新枝许我折。
樽酒三更玉醴倾，松风半榻香茗啜。
夜静论诗气味醇，沁入肝肠尽冰雪。
间将古韵傲羲皇，蒙蒙数里斜溪咽。

二七、族叔祖心绎以菊数种见贻因酬以诗

一夜霜飞千丈壑,秋林太息芳华落。
爱花到此已无花,嗟哉百卉质何弱。
行行野园一望空,惨淡苍苔白石削。
索然意冷归去来,瞥见阶前花婉约。
亭亭老干傲霜严,风骨惟君乃相若。
试看冷艳传芬芳,直为天工补萧索。
对菊南山进酒觞,老人早贮延龄药。

二八、题画二首

苍茫云气浮层山，山色溟蒙与云若。
山耶云耶两莫辨，铎语疑从天半落。
天半安得闻此声，绝谷知有高人托。
新雨一洗老树润，浓烟欲散怪石削。
古塔凌空隐复见，孤云来往东西各。

烟树层层隔云坞，草庐寂寂临江浒。
柴扉镇日客高眠，晴天风静落花雨。
武陵岂必成绝境，空山到处任人取。
疏篱细竹自成村，城市喧喧安足论。

二九、送吴慧生赴秋闱

颒洞云海吞八荒，波涛浩渺百怪藏。
凌风欲渡仙槎去，方壶圆峤空茫茫。
书生自抱钓鳌志，一竿在手神飞扬。
纵横健笔战锁院，长鲸跋浪相激昂。
三条烛影自明灭，五更漏箭何短长。
此中风涛阔于海，浴日谁与鞭鼍梁。
珊瑚击碎铁如意，高歌直到无龙乡。
徐福楼船何处访，罡风引去徒相望。
君且勿悔堕云海，好踏鳌背凌扶桑。

三十、登太白酒楼

嗟予不能诗,复不能饮酒。
茫茫两大一俗夫,安从太白求尚友。
太白一斗诗百篇,到处名留千载后。
千载登楼一问踪,仙踪缥缈空翘首。
今朝稠叠排峰峦,当年窈窕罗窗牖。
高人胸足吞烟云,醉中扫笔何所有。
怅望斜阳一啸歌,槛外青帘曳秋柳。

三一、夜梦先太夫人[①]

秋风飒飒天气凉，荒村野店围枯杨。
客子解鞍箕踞张，忽忽思归念故乡。
夜如何其夜未央，披裘拥被思彷徨。
忽梦母氏来华堂，欲语不语长相望。
仿佛当年灯火光，教之夜读声琅琅。
又如母病时卧床，求方侍药何仓皇。
梦不分明时不长，但觉中夜心惊惶。
七年于兹感露霜，思之泪下沾衣裳。
一声高唱天鸡翔，窗前皎皎月过墙。
披衣起坐促晓装，山家叶落梧桐黄。

---

① 此诗天头有翁方纲批语曰："亦为不能存，境虽真而词不足称之。"

三二、抵扬州作

两日颠风吹急雨，拍岸江波万花舞。
俨如天上棹春舟，一舟摇去天尺五。
风狂水涨不可行，湿云浓雾埋江城。
平山泉窦自甘冽，石铫竹炉空复情。
篙师指点来舟羡，我行如磨侬如箭。
谁知侬亦遇风难，才许今朝放流便。
安能不系同庄周，随风浩浩与天游。
萧然晚泊入城去，筎管一声渺何处。

三三、淮阴湖嘴登舟作

前年南来生寒风,梅花淡淡香暗通。
今年北去复由此,野塘春水桃枝红。
双丸过眼去飘忽,人生足迹如转蓬。
草花插髻叱犊子,柳烟压笠扶犁翁。
秋时割稻春剪甲,那识岁月怜匆匆。
停鞭且买木兰艇,相与荡漾游天空。

三四、德州渡晓发

春烟漠漠春波渺,磔磔春禽唤春晓。
行人待渡绿杨津,一堤芳草嘶腰袅。
枕蓑渔子呼不起,昨宵卖鱼沽酒美。
谁知春及农事忙,曳犁驱犊夜未央。
农夫勿嗟渔勿喜,农可无鱼渔待米。
我行麦陇念时和,呼农数问麦如何。

三五、和题画诗[①]

宋彝斋为陈无轩作《湘管图》，系之以诗。朱笠亭又为作《素心图》，并依韵题于图上。胡书巢太守见而和之，四叠其韵。于是，一时和者甚众。太守集成巨册，付之梓人，偶出示予，因亦依韵题其后。

数顷硗田几间屋，门对溪山尽丛竹。（余家竹溪之上，溪之东有山曰竹山，皆以多竹得名。）
促坐间听风过箫[②]，留题遍看名镌玉。
双脚每踏征尘红，万竿常忆故园绿。
谁令读诗胜读画，坐我六六峰前谷。
湖州之笔如在手，欧阳之堂如在目。（欧阳文忠公有绿竹堂。）
三更对影风雨情，一编过眼烟云录。
书巢太守骨是仙，座上素心人岂俗。
未妨后喁复前于，何必同工不异曲。
浮香疑袭九畹兰，尝鼎讵止一脔肉。
较我《竹西草堂图》，名迹应传赵仲穆。（仲穆作

---

① 此诗题为编者所加。
② 此句中"风过"二字，翁方纲批注曰："不伦。"

《竹西草堂图》,图前别写竹数竿,极萧疏淡远之致。杨铁崖首为之记,一时名士题咏殆遍,素称元人名迹。家大人藏之,已数年矣。①)

---

① 此注下翁方纲批注道:"此张法所作。"

三六、书巢太守复示近诗再用前韵题于卷末

贾而多财可润屋,聪而审律可吹竹。
非大匠不斫名材,非良工不雕美玉。
得性情正始言诗,岂为纷红与繁绿。
如皓月照傲岸松,如飞泉照窈窕谷。
如琴弦洗筝笛耳,如冰绡夺锦绣目。
书巢太守备得之,卓卓可垂《金石录》。
示我新诗一百篇,胸拂积尘肠砭俗。
尚太华山之数峰,亦洪河水之一曲。
但令窥豹才见斑,顿若闻《韶》不知肉。
惜哉未许入承明,雅拟《文王》颂"於穆"。

三七、题水香园图①

黄山莲峰三十六，岩深路转三百曲。
烟云变态不可穷，恨未十年崖畔宿。
谁将千叠万叠峰？——幽奇贮茅屋。
阮溪山中神仙人，缭绕环溪构幽筑。
石齿错落横中流，水声清泠散空谷。
古梅四际相延缘，疏影横斜映寒玉。
东风一昔飘琼英，流出前津带余馥。
是时相对情悠悠，未许孤山傲幽独。
凭栏一眺三天都，云气苍茫荡胸腹。
轩台拔地干层霄，岚影林光天外簌。
泉含日月（泉名）悬空青，峰削芙蓉（峰名）郁新绿。
森然远岫罗窗间，已领山灵真面目。
座中长笑歌狂歌，松涛绕屋声谡谡。
琴客诗仙互酬唱，纶巾不惜酒频漉。
好句群争冰雪清，奇书细嚼芳梅读。
风流遗韵数十年，三径依然荫乔木。
文孙妙得山水心，点缀烟霞绝芳躅。

---

① 翁方纲评："总是肌理松松，所以浮也。"

古涧红生千树桃，栗亭碧洗数竿竹。（园之外即为桃花涧，栗亭亦隔溪可望。）

人间何处得此景，鉴湖辋川可遐瞩。

一花一树皆天然，某水某丘时往复。

遥情半似鹤眠云，清梦不惊蕉覆鹿。

作图缥缈含余清，兰阁芝台绝尘俗。

秋窗展玩移我神，冷翠依稀色可掬。

径欲编茅作以邻，风雨何年遂此卜。

紫霞山（山麓即园）霭鸿蒙中，一枝可借吾亦足。

三八、雪

六年前此雪盈陌，匹马吟鞭作归客。（乙未年，予以腊月初一日出都。）
今年此日雪压庐，寒毡坐拥仍客居。
昔冲北风利，今围夜炉红。
劳逸殊有别，忧喜应不同。①
谁识归人与客子，不能舍彼而易此。
风萧萧兮撼庭柯，漏沉沉兮响窗纸。
何以解我忧，农夫其少休。
遗蝗入地十余尺，大有用卜来年秋。
宁使客衣长夜冷，莫使农人虚引领。
神藻新题喜雪诗，茅檐乐事天子知。

---

① 翁方纲评："换五言，疑当不见筋节。"

三九、题《莲海一舟图》

湖光蒙蒙晓云集，历落红衣丰沾湿。
有风吹动湖水香，轻舟一叶花中藏。
折取碧筒倒佳醑，花如含笑知人语。
浮家泛宅与花邻，水光莲叶相鲜新。
仿佛当年泛瀛海，薰风入座披襟待。
瑶池翠岛木兰船，风格自是蓬山仙。
水乡忽动江南梦，碧浪湖旁明月弄。
朅来香界水一方，诛茅筑室莲花庄。
此中天公默有意，先为幽人辟幽地。
诸天色相空复空，尘埃不上芦叶蓬。
小桥穿去绿云夹，凉飔拂来翠羽怯。
宵深几点露气清，花房时见明珠倾。
世外亭亭依净域，居然别有花王国。
污泥自拔性不缁，繁华肯斗三春时。
坡陀老衲遥相望，禅意诗心各清旷。
恍惚飞身莲界游，一声柔橹六月秋。

四十、黄烈妇诗

石可转兮松可摧,之子视死无迟回。
当年舟覆清淮浦,愿随母弟归龙府。
前年水溢洛阳城,不随村妇城上行。
昊天冥冥相默佑,河澄匹练山如绣。
当使鸾盟缔百年,鸾镜胡为掩清昼。
舅姑有儿妾无子,可以不生安畏死。
郎岂无情妾有情,与之俱死如同生。
宁为枯树犹连理,不作孤鸿宿寒苇。
兰摧蕙折几寻常,略无反顾真奇伟。
君不见衣文绣、冠貂蝉,包羞往往忘其天。

四一、题《涤砚图》

天生一物有恒数，砚亦或遇或不遇。
此作良田事耨耘，彼成旷土嗟泥淤。
先生爱砚逾爱宝，订以同心偕石固。
茧纸间供蝌蚪书，芸窗静伴虫鱼注。
携来玉府夜挥毫，移向柏台朝献疏。
马肝鸲眼争浮名，铁面冰壶托贞素。
临波一濯清涟漪，墨花飞香自洄注。
映松池水黝然黑，往往电光掌中露。
砚兮砚兮如有知，应感天公重投付。
不见襄阳拜作兄，千载嘉名等琼璐。

四二、秉烛游饮①

薄暮下蜀冈,秉烛游三贤祠。族伯寿臣、兄次玉移樽痛饮,亦一快事也。因纪以诗。

酿花天气春云簇,柳色空蒙匝新绿。
泛艇长湖纵冶游,日暮平山嫌昼促。
欧苏先后留贤踪,渔洋词伯追芳躅。
崇祠云木结古阴,顾往从之秉高烛。
入门凉吹生檐端,阶前再拜深肃肃。
廊回径转敞虚堂,万个琅玕森碧玉。
翠光乍滴沾衣襟,清音竞发弄琴筑。
挺节如窥君子心,垂枝似倚佳人服。
红墙碧甃争繁华,何如幽地邻空谷。
相邀命酒倾金罍,胜事方令游意足。
醉翁醉翁如何作,应许吾侪能免俗。
酒阑烛烬上归舟,夹岸桃花送遥馥。

---

① 此诗题目为整理者所加。

四三、题友人《游黄山诗》后

峻嶒仙境开鸿蒙，尘梦漠漠难寻踪。
曰归曰归席未暖，安得远到黄山峰。
新诗一篇君示我，荧荧紫电摩高穹。
盥手展卷豁蒙翳，真气浩汗千万重。
神斤鬼斧运腕下，奇险欲与天同工。
秀色岩前滴鲜翠，玲珑琢就金芙蓉。
更疑古篆出斑剥，丹书取自轩皇宫。
之而孥攫饶怪状，苍松万态排晴空。
摩诘有句皆画本，吴绫半幅将安穷。
朗吟百遍等身历，神游所到乘长风。
铮铮有声乃细响，何如大吕和黄钟。
愧我闲愁塞胸臆，学步失与邯郸同。
洞天可望不可即，碧云缥缈翔冥鸿。
为报山灵好珍获，壁间墨气随飞龙。

四四、代朱广文题《松鹤图》为友人寿

君不见,秦时五大夫,至今老干仍五株。
又不见,江上鹤南飞,笛声新意和天机。
吾闻天都之峰多奇松,矫健不受霜雪封。
天都之地多瘦鹤,飘扬不被簪缨缚。
放眼风尘几十春,吟诗读画谁可人?
矫矫离立无改色,轩轩高举难羁身。
有客有客吾老友,岁寒知心交最久。
邗沟一别近廿年,闻道今秋七十寿。
我今亦客天都天,盘餐苜蓿冷青毡。
咫尺莫祝先生筵,遥为先生开画景。
恍入天都仙后境,老鹤精神松树影。

四五、题《戴笠图》次韵

寻春何需西湖渍,软风细细鱼鳞纹。
画船箫管争纷纭,一笠独戴袪尘氛。
红看杏雨白梨云,收拾好句笔砚焚。
乘兴岂必童冠群,岩花野草知此君。
此君契结天地友,迈俗超凡世罕有。
折腰斗米性不受,安肯束缚利名薮。
萧然纠然无与偶,汀柳垂遮覆我首。
山色长供得趣久,锦囊掇取芳菲否。

四六、题《蒲团图》用前韵

耽寐何必江海濆,静参内白指罗纹。
众沉五浊徒纭纭,跏趺一室清垢氛。
明月皎洁净无云,镜台息照名香焚。
扫却芥蒂超出群,嶷然不浑全天君。
斋心非与方外友,岂堕虚无捐万有?
经言佛偈合掌受,包纳深澄大渊薮。
分付此身谁是偶,大千世界空翘首。
蒲团之上君坐久,蒲团之侧借予否?

四七、五月十八夜泊江宁观月初出

连宵雨势浓，云密縶蟾魄。
空怀三五盈，延伫情脉脉。
今朝薄晚江风轻，烟霭乍澄岩壑清。
早知入夜有明月，泊舟不向嵯峨城。
水西坐对钟山碧，暝色澄江渐昏黑。
草间萤火自离离，树杪星榆纷历历。
须臾白毫半吞吐，一线才看露冈脊。
瞥眼腾空皓影长，倒射晴波余滓涤。
拖来素练翦千条，卧处长虹横百尺。
江声静，山意幽。
潋滟照渔艇，参差明雉楼。
莫伤圆月已微缺，陡觉夏日如新秋。
敢辞酌酒尽今夕，送汝转落天西头。

四八、送四弟奔讣南归

临别欲言一字无，眼角簌簌横①泪珠。
执余手兮长痛吁，陟彼岵兮虞山隅。
为人子者何为乎，我闻子语涕泗俱。
愿子爱此千金躯，朔风萧瑟吹发肤。
道路策蹇怜驰驱，远行齐鲁于越吴。
入门一哭空号呼，素帷飘处形模糊。
瓦灯惨淡光不舒，禄养未逮嗟何如。
游子远客亲丘墟，所期洁身毋尘污。
那愁不何天之衢，自古忠孝非殊途。
读书勉旃君子儒，弟兄离别在须臾。
欲行且止还踟蹰，悲哉秋气凄屋庐，
哀哀树上啼夜乌。

---

① 此句原作"眼角簌簌落泪珠"，翁方纲涂掉"落"字，改为"横"字。

四九、反乞巧

暮色横天天遍锦，天孙夜抱鸳衾枕。
明河瑟瑟静无波，明月更余倏西寝。
月西寝，意若何，欢娱织女泣嫦娥。
广寒桂殿抱兔宿，未若机头弄玉梭。
弄梭一岁牵牛会，家家乞巧同心带。
画屏绣烛影摇摇，云汉银桥光蔼蔼。
银桥绣烛灿飞烟，轻罗拜罢意流连。
天上双星不足忆，人间只影自生怜。
人间岂少支机女，人间乌鹊无情侣。
迢迢咫尺莫能通，方悟仙桥无定所。
无定所，空凄凉。
噫吁嘻，柱断肠。
贫家绣女终年恨，恰似天孙终岁守天章。
天章织尽忧伤老，始信愁根原是巧。
回身再拜忏愁根，起视众星浸浩浩。

五十、家大人告养还里命作①

家大人告养还里,作《纪恩诗》六首并命振镛作歌以纪。

春日荡荡春光融,陈情表上明光宫。
帝制曰可称曰能,宫衔晋秩褒嘉崇。

赐诗宠行古未有,圣人教孝兼教忠。
春晖延庆锡宝额,浓墨大字题当中。

百龄帝与天亦与,帝之所眷天必从②。
二月初吉国门出,公卿祖饯讶未逢。

贤哉忠孝两无负,出处进退何从容。
客秋将母主恩赐,皇华四牡犹匆匆。

---

① 诗题为编者所加。此诗天头翁方纲批注道:"可存。其事其词皆足相称。"
② 原作"帝之所欲天必从",翁方纲改"欲"为"眷",作"帝之所眷天必从"。

令兹乞养起居侍,日夕左右飧餐饔①。
到家三月花枝红,一堂欢笑生春风。②

山林廊庙尽不羡,安得八十老人发白颜犹童。
安得八十老人发白颜犹童!

---

① 原作"日夕左右供飧饔",翁方纲删去"供"字,在"飧""饔"之间添一"餐"字,作"日夕左右飧餐饔"。
② "到家三月花枝红"前,"日夕左右飧餐饔"后,原有"此去不□□□□,但觉身轻无履踪,南浮江淮达吴越"等句,为翁方纲删去。"一堂欢笑生春风"前,"到家三月花枝红"后,原有"奉觞上寿家室乐"等字句,为翁方纲删去。

五一、哭女引珠

汝母之亡以有汝，笑言哑哑开我胸。
我哭汝母汝亦哭，牵衣拭泪成人同。
汝生母以客冬死，汝嫡母以今春终。
天心仁爱竟如此，孩提何知降厥凶。
降凶不已殒厥命，毋乃帝醉天梦梦。
我闻汝痛我心悸，早夜不寐祈神工。
人生万事无尽处，或者上帝哀其穷。
岂知庸医早误汝，致汝脏腑相战攻。
参苓竟使结喑哑，芝术焉得通喉咙。
我执汝手汝视我，犹欲张口呼汝翁。
欲呼不得视不止，看汝断绝归苍穹。
中年哀乐世所有，骨肉不闻悲重重。
纵云有生则有灭，胡为母女如相从。
汝母问汝父颜色，想汝幼小难形容。
朝唏暮喑无可解，慰情况复情所钟。
四方上下与汝逐，汝如有知魂来通。
画栏绣槛尚如故，嬉笑何处寻汝踪。
哭汝十日不出户，一生胜虑多成空。
作诗一句更一痛，诗成猎猎鸣悲风。

五二、逼仄行次韵

逼仄复逼仄,险道肩难息。
白璧任无瑕,黄金乃生色。
唾壶击碎不敢歌,恐触天公怒奈何。
采采芙蓉思致远,争如风雨前溪多。
噫吁嘻!
我生愁怀无与揭,矫首云霄嗟咄咄。
秋雪一片阆阖迷,何处书空问明月。

五三、题曾宾谷《西溪渔隐图》

西溪近在西湖西，七十二峰峰影齐。
振柯谡谡长松萋，或蕃丹树或绿荑。
一草一木无尘翳，松雪翁诗留旧题。
佳处非复寻常溪，我昔游此笈簏携。
行行古荡寻幽蹊，峰回路转心不迷。
蒹葭深处天亦低，一舟放溜如凫鹥。
不觉长啸谢阮嵇，此中只合渔父栖。
非鱼乐鱼和天倪，君独胡为甘蓬藜。
秦亭卜筑凌丹梯，萧然茅屋出尘泥。
溪流如镜如玻璃，金姥桥下波划堤。
沿苇鼓枻风凄凄，亦与之为无町畦。
披图讴吟砚发黳，水光山色落几绨。
何时林壑相攀跻？放歌自在身无赘。
两岸恰恰听春鹂。

五四、简卢南石

京华我住十七冬，慎莫浪漫西与东。
风尘物色殊不尔，知我未有如卢公。
朋游投合重意气，不在蕊榜春秋同。
皓月寂照深夜里，好鸟和鸣空山中。
昔贤兀兀慕夷澹，时俗纷纷矜趫雄。
车轮轫辘牛马走，公卿伺候何怱怱。
不用古书浇灌之，但见芥蒂来填胸。
我与君交交莫逆，清言竟日心神融。
矫如鹤立具藻质，风标闲雅声摩空。
又如秋水清彻骨，目光炯炯回双瞳。
作诗力欲追正始，微妙直与天同功。
清明上河赋长句，读之百过深而通。
东海诗叟一一数，君家德水清溶溶。
新城尚书自千古，神韵不使弦管终。
饴山谈龙手著录，何异秦系偏师攻。
文人相轻古如此，徒令后世蒙复蒙。
君今读礼倚庐守，郑注贾疏相研穷。
汉晋儒术详讨究，其间议论互驳踳。
古来博稽六艺旨，扣小扣大如撞钟。

要使邪说不得骋,谁能摧我昆吾锋。
以兹余力泳情性,窈然莫睹笔墨踪。
我今愁肠日拨触,储泪一升哀飘蓬。
心脾未得开豁乐,肝肾空愁雕琢工。
故人离隔日以远,尺书难寄高天鸿。
四勿誓宗蒋伯见(谓瑗亭),一瓣香奉曾南丰(谓宾谷)。
两人相与亦无与,高齐落日时追从。
挑灯剪烛惜君别,山青云白关河重。
屈指节序阅三载,还朝五月榴花红。
匹马迎君出郊外,握手为喜诗人逢。
酒酣伸纸纵笔写,声歌合调商与宫。
如君卓荦岂复流辈比,正直而静廉而谦者宜歌风。[1]

---

[1] 此诗篇末,翁方纲批注道:"松弱。"

五五、新居即事四咏

养鱼

三尺四尺水,一寸二寸鱼。
水可鉴于止,鱼亦那其居。
乐水尼父旨,观鱼漆吏书。
我自用我法,天光云影回空虚。
临渊而羡,临溪而渔。
机心机事日不已,意气束缚难自如。
何若以游以泳、亦卷亦舒鱼,
相忘于江湖,
吾亦游心于物之初。

补篱

穿涧篱之北,采菊篱之东。
渊明放翁各赋句,读诗想见古人风。
回廊曲径,儒有一亩之宫。
破崖岸而为之,古今人,同不同。
麂眼疏疏结构巧,渔家短短安排工。
我今牵萝补破学杜老,竹笆编筑门穿通,
采采荣木移植其中。
不有而有,不空而空。

秫秸棚下，望去浑不隔，但见晚花映带枝枝红。

栽花

泥滑滑，雨丝丝。

叶淡荡，花参差。

中央为土，栽者培之。

亭亭一两本，灼灼三五枝。

借影似争晓日照，含香不受东风吹。

安得满地布种无一隙，繁英嫩蕊不谢随四时。

种树

树不必绕屋，亦不必参天。

与时为长养，计之以十年。

海棠妩媚一富贵，杨柳风流三起眠。

凡花俗草败人意，萧疏野趣胡得焉？

吾闻种树得养人术，郭橐驼名终古传。

但使其性得其天全，枝掀叶举影接光连，

亦自和雨露凌风烟。

夏木阴阴新活计，春条拂拂旧尘绿相期。

更寻嘉树传，慎勿载赋《枯树》篇。

五六、书谭勉斋先生《东蕃户制田序》后
　　为谭母朱宜人寿

有言如圣言，卓卓至理探根源。
有田如义田，年年香稻炊红莲。
宦海风波我不识，委身安命乃其职。
中人之产，自我为千仓。
万箱非我得，但愿一室甘饱无尽藏，
黍稷禾麦堆盈庄。
天心朗照回春阳，节钺万里开滇疆。
梅有根，兰有秀，玉树森森介眉寿。
圣不言命只言理，巾帼大义乃如此。

五七、喜雨用宾谷《贺雨》韵

雨窗待客午过申,主人大笑乐与民。
庭空鸣骄车马寂,肤润生快琴书亲。
一雨三日谁之力,天不负汝锄犁人。
以迓田祖祈田神,高原下隰禾麦均。
转歉为丰望霖泽,群相矫首瞻穹旻。
山云触石渝然起,万民共结香火因。
繁声注瓦夜不绝,乃亦有秋三百囷。
开畦分水农负耒,举竿引线渔垂纶。
对此已足使人饱,不须更学饥鼯呻。
华畅九有天上德,圣人祀事咸肃禋。
浃日稻熟只十旬,甘泽谣作华国臣。
何当洗我笔头俗,墨池涓滴无边春。

五八、月季花歌次宾谷韵

花如稚女迎风栽，又如好友来复来。
四时合序见天德，岁十二月月一回。
妖红慢绿世界千，露翻雨打空生怜。
芳荣不以霜雪悴，直使造化难持权。
嗟哉黄杨亦厄闰，此花月报平安信。
容颜长好色不衰，飘零笑彼凋朱蕣。
花开花落孰与俱，天下风流合让渠。
书斋午梦一呵欠，芳菲菲兮来袭予。

五九、五镜歌

眼镜

皎月照当空,微云不可遮。
清水望见底,浊流那得加。
如何两目一层隔,乃以明察秋毫夸。
人盲痴想刮重膜,鬼戏冷笑罩寸纱。
春冰巧琢自厚薄,白毫光放无攲斜。
水晶域里剪秋水,花国丛中瞥眼花。
举头频觉扫云雾,拨面便使除风沙。
谁如灵源大士人天眼,心中有镜不使毫厘差。

火镜

仰观日在天,远取镜在手。
相去道里何可知,一点飞来忽已有。
炎炎红镜丹霄开,升躔早见黄人守。
谁欤持此上下之,阳乌三足不敢走。
晶光激射影自摇,造化权舆气相纽。
缕烟隐隐胡得焉,爝火星星不熄否?
但愿火轮红,慎勿火云厚。
倾心如彼向日葵,太阳回光各举首。

千里镜

我无千里志,欲穷千里目。

高天岂易用管窥，大地谁能以壶缩。
一生察察离娄明，十步百步空睩睩。
何人制此得纵观，目光上下相驰逐。
翘瞻应识若木长（成公绥诗"若木长千里"），远到何如名马速。
万物一一皆吾前，方寸之中尽藏蓄。
葭筒测验将毋同，星斗离离云矗矗。
不用磨我镜中铜，只须刺我眼中肉。

多目镜

无者岂能有，幻者元非真。
视一为两乃常耳，多多益善神乎神。
一物分为千百物，一身化作亿万身。
宝光照耀目先眩，金谷园中春复春。
布以珊瑚网，罗以圭璧珍。
应接不暇有如此，琉璃清净无埃尘。
对客岂能一一数，少者自多贫不贫。
收视返照竟何在？幸勿持赠放眼人。

显微镜

大者虽自大，渺之何有无。
小者虽自小，廓之丘山俱。
但使不为眼孔限，世间万物谁区区！
豆人寸草固藐尔，放弥六合非故吾。
粒米能藏世界广，一虱咸比车轮粗。

赤蚁视若象，元蜂望若壶。

大言炎炎蒙叟旨，我今日月为双胪。

至人用心一镜也，知微之显如此夫。

六十、感赋一首①

余配鲍安人,行三,以三月生,三月死,得年又三十有三,亦奇事也。宾谷作诗以纪,感赋一首。

五多功,三多凶,三五位异功则同。
善《易》者虽不言《易》,玩辞玩占其理通。
嗟我之子归穷泉,命也如何宁非天?
三月生,三月死,行年三十又三矣。
有斋季女三复三,造化之奇乃如此。
吾闻数终于十成于三,天一地二人相参。
桂魄如眉月初上,魁光峙鼎星方含。
又闻太极元气函为一,神明所根守不失。
只用金刚三昧心,自得七祖三乘术。
如何幻梦惊易变?弹指三生一掣电。
回思往事心凄然,惆怅人生不相见。
断肠合,三声苦调当三叹。
子固作诗纪其详,一字一珠魂欲断。
我不能元宫三性学仙人,亦不能如佛祖妙悟修三身。
绵绵此恨无断绝,花开花落不识三月春。

---

① 此题为编者所加。

六一、郭刺史歌(代卢南石作)

卓哉！郭公贤刺史。
公为民父母，视民如子。
民称公清白第一有如此水。一解

起家永年，令曰廉吏。
何不可为？农市狱讼，咸各序其宜。
狐远城，鼠去社，属吏不敢欺。
公所至，道路迎拜者数百计。
皆骑竹马儿，佥曰郭公如郭细侯时。二解

民讴歌公，而公去之。
公在民乐，公去民思。
公归不复，小民惟曰怨咨。
去之日，道旁观者皆为流涕，无论知与不知。三解

后十有四年，迁冀州牧。
剖决如流，案无停牍。
一府中皆慑伏。
课晴量雨，以为民祈福。

彼黍离离，彼稷育育。
咸谓使君来，岁乃大熟。四解

手提玉尺相士，有古人风。
试童子，拔其尤者，
曰为文甚古，不与俗同。
问其年，啧啧不置称圣童。五解

是曰王郎，我之自出公。
既得之，恐复失，
书其名于前，俾笃其实，
天子使者至郡，
升之庠，次第推甲乙。
王郎拜公德，公亦自负知人明，得取士术。六解

公乃改刺祈州，王郎不得留。
襆被就道，曰吾以从公游。
三日疾作，二竖方虐，日夜声不休。
公告于神祇，求方奉药，如有隐忧。
至诚感天天亦应，
王郎疾虽笃，越翼日乃瘳。七解

郭公吾友，王郎吾甥。
吾甥齿方龀，非公不学。

吾甥病方殆,非公不生。
公爱民,民敬公如神明。
公爱士,士倚公如长城。
彼都人士,咸愿郭刺史知彼姓与名。
吾与公,旧相识。
翘首企足,喁喁然思见公德化之成。八解

感公德,为公歌。
瞻乌爰止谁之屋,推爱及之情良多,
仁心仁政长不磨。
天下贤刺史,一一为君数,
得如公者今几何?九解

六二、放言用十二神体

鼠肝虫臂谁为之,牛角空歌白石诗。
虎气腾上不可遏,兔园奉笔人所嗤。
龙丘先生真隐者,蛇跗古琴传心期。
马卿词赋未足数,羊岘重来徒涕洟。
猴无制锁漫驰骋,鸡自断尾难为牺。
狗窦纵开莫出入,豕腥可厌何勿思。

六三、题明人临帖册后仍用十二神体

　　鼠须茧纸临摹勤，牛毛细字行斜分。
　　虎馆遗翰作佳玩，兔毛盏掇茶香薰。
　　龙宾点黜出光怪，蛇蚓蟠结松烟云。
　　马牦截玉笔端疾，羊欣书破白练裙。
　　猴猿真似人莫问，鸡鹜爱厌吾欲云。
　　狗续何为貂不足，豕亥传写毋纷纭。

六四、再用十二神体简浏阳令顾古樵

鼠牙雀角讼狱明，牛刀割笑弦歌声。
虎头作宰云梦去，兔皮衾暖篷舟轻。
龙吟凤叫自为政，蛇头蝎尾无所营。
马前稽首父老笑，羊酒相贺官长清。
猴冠莫谓楚人拙，鸡骨占年田课耕。
狗吠不惊户不闭，豕驱稻熟家丰盈。

六五、次韵答宾谷

诗人未饮春生腹，每日加飡不食肉。
闭门却扫北窗启，午睡正可高阁足。
自顾非无入世姿，调膳亦得和羹悚。
要令心冷坚铁同，渴饮何须半瓯玉。
君能淡薄胸恬然，会教坐享清净福。
我招君饮听君谈，不觉惊呼相欢伏。
雷雨忽作顷刻阴，杯盘聊快须臾欲。
百年痛饮几高歌，眼底光阴星火速。
河鱼腹疾将奈何，新篇示我开函读。
惊心检点到食单，染指搜寻出诗牍。
何时润胃更调肠，洗尽肥甘煮溪簌。

六六、腹疾叠前韵索宾谷和

晓起笑捧彭亨腹，呼僮煮茗茗消肉。
如何炎蒸毒我肠，一日九回犹未足。
腐儒粗粝且不支，安能台辅任鼎铼？
大甑浮浮香气生，斋厨炊米如炊玉。
济味谁言精且甘，养生固自平为福。
饥饱在我人不知，自向胸中相起伏。
胃强膈满方寸分，盘餐那得酬大欲。
卫身一失费调和，疾病中人真急速。
良药何能九转成，来章不厌百回读。
与君同病和君诗，诗成缄以尺一牍。
囊中傥有集验方，病愈从今甘野蔌。①

---

① 此诗篇末有翁方纲批语曰："愈长愈放手矣。"

六七、过卢南石坐谈再叠前韵

良朋赠言出心腹,刮目一洗凡眼肉。
平生所向无愧辞,睥睨当世谈笑足。
如君自是鼎鼐才,黄耳金铉盈公悚。
不使璧玷留微瑕,肯握碔砆炫荆玉。
愿君此意持终身,忧患已空受其福。
世间万事谁预谋?要害由来相倚伏。
此中转移那得知?难强天心快人欲。
握手何时已两旬,日月双丸飞鸟速。
枯肠嗟我如枵蝉,有书恨不十年读。
听君高论识见开,欲使尽言非尺牍。
别离若易合若难,但当日日罗肴蔌。

六八、饮程雪坪寓斋再叠前韵

啄木谁啄枯树腹，明珠不使弹飞肉。
食指久动染指尝，苟能如是是亦足。
砖炉石铫煎松萝，嫩韭肥葵煮菜悚。
平生不饮饮觉甘，妄思酒酿瀛洲玉。
主人好客形相忘，争说吾饕乃清福。
不辞良宵传晕卮，但恐酷暑痛庚伏。
小人腹岂君子心，无以道欲若有欲。
两旬一醉何嫌迟，回首欢娱露电速。
饮食不节百病生，《养生论》自三过读。
何为饱饭夜不眠，灯前细字捧觚牍。
支颐不语有所思，风动瓶荷红簌簌。

六九、题曾苏生《姑山戴笠图》

峰连云蒙蒙，瀑落石齿齿。
此山娟秀难强名，自属麻姑古仙子。
麻姑去后谁登此，细字镌崖颜刺史。
我临公书如入山，群真戛佩楼台起。
南丰后人游兴豪，眉棱爽气凌仙曹。
重帘矮屋蚁战耳，笠檐影压苍岩高。
向平五岳那易遂，近郭名山聊寄意。
麻姑狡狯吾不知，乞君手拓仙坛记。

七十、质瑗亭[1]

余近患目疾，瑗亭劝诵《金刚经》。余谓非可妄诵，且恐重余过，目益昏暗，赋此质之瑗亭。

佛力回光如回天，《金刚般若》六祖传。
蒋子笃信久益坚，眼有瘴膜赖以蠲。
高远直察秋毫颠，清如净水流春泉。
明如蟾魄当空悬，自信贝多真实铨。
去翳拆屋此其先，谓我诵之光乃全。
我亦曾参默照禅，乞脑剜身结愿虔。
楞伽顶上法轮圆，日月灯曜界大千。
玉毫光放周八埏，引众生上大愿船。
盲于目者佛所怜，开以播糠通幽键。
善眼仙人妙斡旋，隔雾看花谁老年。
嗟我读书岁月迁，蝇头细字对简编。
明眸炯炯望欲穿，年来哀逝涕泗涟。
悬河决溜秋水边，双瞳昏暗空忧煎。
但觉视之贸贸然，佛经一得思临川。

---

[1] 此篇诗题为编者所加。

琅函秘典金石镌，崇信其法求福田。
受持愿与寓目焉，惟佛光明普照宣。
雕谈妙论与旨筌，银海炫漾心不专。
贝文金字相留连，深恐肉眼获咎愆。
欲读且止情洄沿，愿君讲难尚慎旃。
目光如炬骨如仙，胡不点勘传丹铅。
顾我傲岸世所捐，得邀盼睐知心前。
岩电烂烂诗酒筵，何时出尘断俗缘。
金鎞一刮吹轻烟，内景含烛光不偏。
知白守黑言象诠，会当畅以无生篇。

七一、元宵和外舅刘竹轩先生韵

传柑令节太平宴,金吾放夜通春宵。
读书得间不求解,眼前义理徒纷淆。
统之有宗会有元,诗以言志歌永言。
亦如剪纸能取月,遂使一室光清圆。
读诗但觉诗彩明,真知识照文殊灯。
笑彼四韵小庚体(唐崔知贤、韩仲宣、高瑾、长孙正隐、陈嘉言于上元夜,效小庚体。凡六人,人各四韵),香山妙谛移人情。
春风正值雪消后,月光照我如相偶。
高吟好句月增朗,一镜缘空倍亲厚。

七二、题严匡山照

西风萧瑟落叶秋，空斋独坐空尊愁。
有客叩门诗句求，为言家住九龙头。
九龙蜿蜒山之幽，回环一壑复一丘。
昔年曾结读书楼，书满缃帙茶满瓯。
若茗浇胸不肯休，陡觉放眼云烟遒。
昆湖百丈蟠蛟蚪，太华插天肃以揪。
日光破晓照九州，清气一碧空中浮。
五载远别道路修，风景历历临卢沟。
车尘马迹不可留，绿荷红藕香气稠。
金鳌背上人来不，新情旧事如转眸。
何异急水奔涛流，丹青四图一笔收。
欲我效作商声讴，我家黄海松枝樛。
奇峰六六穷雕锼，名山不到无我魗。
深恐面垢山灵羞，丈夫有脚可妄投。
须学神仙居十洲，凌风笑傲舒枯喉。
快意有若鹰辞韝，红尘十丈懒且偷。
宽闲输彼波上鸥，对君此册心悠悠。
安得一叶红莲舟，破浪万里从君游。

七三、为谢梅农题毛上舍画扇用山谷钱穆父《赠松扇》韵

鹅毛笔写银光纸，咫尺万里萧贲似。
五十六字着意题，知君感念同年子。
层峦叠巘春雨寒，树外有树山外山。
坐玩动我丘壑趣，化身已到云海间。

七四、日本刀歌为曾宾谷作

宝刀多出日本国，作歌曾记欧阳子。
何人精冶鍮与铜，煅炼阴阳乃有此。
光芒四射不可遏，龙飞蛟化谁得止。
朝鲜使者交我友，脱手相看赠知己。
为言其国与东倭，当年交刃空摩垒。
白虹奇气贯当天，壮士短衣多战死。
髑髅血影鹧鸪锋，点点斑痕三尺里。
我友拂拭绝尘埃，皎若莲花浸秋水。
谁云锈涩少神通，六月挂壁寒风起。
凭轩拔鞘出示客，异物得之心独喜。
由来利器用有时，善刀而藏连真理。
当画孤光冷电摇，不比长剑从天倚。
方令太平万国臣，威远无劳折鞭棰。
从君请砺归咏诗，自笑为人作嚆矢。
可能白战寸铁无，词锋淬厉银光纸。

七五、《彭祖观井图》歌

谁凿彭城百丈井，井花荡漾空牵绠。
谁镌陈靖四字铭？铭词高古如注经。
我闻彭祖寿八百，绿发朱颜仙岛客。
性水真空泉水清，双眸那许氛埃隔。
又闻彭祖善导引，服饵云英采芝菌。
养神治生心太平，肯比黄金掷虚牝。
胡为对此苦形神，终日辘轳缠其身。
玉甃不敢下金索，井栏缺处盘车轮。
朝汲暮汲竟无取，寸步踽踽徒自苦。
绝俗离世果何如，偃仰讪信笑彭祖。
岂知寒泉之水深复深，云影寂寂天光沉。
灌汲可无抱瓮想，战兢但有临涧心。
坐井观天天自小，从井救人人亦少。
不一引手反挤之，相轻性命如飞鸟。
此图此意谁能知，观瓶之居井之眉。
习坎入坎《易》所戒，人生失足何可追！
呜呼！人生失足何可追！
我今去古几千载，井泥不食井不改。
平地尚恐风波生，慎勿扬帆涉江海。

七六、六月十二日涪翁生日拜公画像

北宋诗人苏与黄,公得坡翁名益彰。
古风二首知音扬,声明从此相颉颃。
至今照耀墨色光,庆历五年宋仁皇。
朝熙门穆海宇康,天欲万古私文昌。
东壁夜半森光芒,公乃下降生豫章。
如麒麟出鸾凤翔,读破万卷神轩昂。
作为诗歌光焰长,笔锋犀利真干将。
佳处不在调宫商,一时作者闻风僵。
谁敢轻战争雄铓,篇分内外如①蒙庄。
晚岁著述尤煌煌,七百余年词翰场。
片纸只字家家藏,公之作吏古循良。
黔黎受戴如甘棠,史才何愧校书郎。
其气壮者其辞刚,如何章蔡争摧戕。
竟使迁谪罹谤伤,老死不复升庙廊。
况公天性非寻常,孝乎惟孝萱北堂。
我读公传心彷徨,拜公遗像不敢忘。
六月赫赫火伞张,妄想甘泽叫阊阖。

---

① 如:本作"师",翁方纲改为"如"。

天公解事风云扬,一雨一日天清凉。
再拜敬奉一瓣香,奠桂酒兮罗树浆。
更约年年为此觞,公其享我嘉荐芳。
异世相感遥相望,神游何处来何乡。
但见虚白生吉祥,皎皎落月照屋梁。

七七、七夕乐府四首

百子池

今夕何夕君王来，百子池中花艳开。
花开花落知何处，常恐秋风留不住。
留不住，长相思。
绾以五色缕，无复离别时。
相连复相爱，盛宠时难再。
君王恩重翻为害，月光点点池心碎。
若为我楚舞，吾为若楚歌。
羽翼已成今奈何，当年枉结同心缕。
只有同欢不同苦，君不见戚夫人汉高祖。

九华殿

青鸟飞，白鹿走，西望瑶池降王母。
九华殿上九微灯，照彻祥云云九层。
仙家会合多吉日，须记今宵七月七。
七月七日帝降生，猗兰殿里兰香清。
此时此夜光如画，玉女清歌为帝寿。
窥牖小儿不敢前，谁云臣朔是神仙？
三千年，桃一实，大如斗，甜如蜜。
不见桃花开，那见桃实来？

帝取此核何为哉？果然汉武非仙才。

层城观

层城观，高层城，楼台金碧何峥嵘！
楼台远胜江山丽，谁其筑者齐武帝。
武帝宫中多丽人，吴姬越艳颜如春。
明珰翠羽无纤尘，风露七夕天气新。
丽人共乞天公巧，乞巧人多巧偏少。
莫拈五色线，莫穿九孔针。
五色色迷离，九孔孔难寻，不如牵牛织女同一心。

长生殿

天宝十年秋七月，月光斜照唐宫阙。
骊山宫，高崇崇。
长生殿，乐宵宴。
瓜果纷陈锦绣张，绣花幡下夜焚香。
君王夜半轻扶起，只许凭肩立妃子。
笑指牵牛织女星，天上欢娱定如此。
执手誓盟心，但作比翼鸟，毋为分枝禽。
生生世世心相许，不比寻常儿女语。
那识君王负旧盟，马嵬坡下先黄土。
妃子死，君王归。
归无言，泪暗垂。
好事伤心中道变，华清宫里华清院。
早知此日不同生，何似当时不相见。
临邛道士前致辞，李少君术能得之。

得之远在仙山侧，雪肤玉貌真颜色。
上皇安否问殷勤，回首当年意凄恻。
终凄恻，始欢娱，七夕之盟真有无。
噫吁戏！七夕之盟真有无。

七八、裘大西园赠蔡君谟八札墨刻用荆公《吴长文新得颜公坏碑》韵赋谢

端明学士韩范伦，棱棱风节廊庙珍。
品题四贤一不肖，意气傲岸离俗尘。
工书当时推第一，挥毫卓荦碑文新。（宋仁宗命书《元舅陇西王碑》）
忠爱于君信于友，芝兰投契平生亲。
尺书问讯留笔札，数语独见情性真。
字体变化更严整，兼柳之骨颜之筋。
其气和惠其心仁，纸墨所布皆弥纶。
至今七百有余载，咸知宝惜横目民。
刀镌石刻自体势，纸摹缣拓何精神。
脱手赠我促所好，自属磊落非常人。
君谟遗迹不易得，临池敢使嗟长堙。

七九、长椿寺九莲菩萨画像歌

莲花不染衣无缝,禅心参破招提梦。
长椿寺中遗像存,僧徒谁设伊蒲供。
我闻归空上人来长安,伏牛无异游龙鞚。
辟谷不食水数升,终日大瓢传净瓮。
那悟妙法佛神通,但矜幻术民愚弄。
慈圣太后真天人,手辅神宗万几综。
二《典》三《谟》奉帝师,九州四海承天统。
岂有君人不读书,长跽犹教一再诵。
晓漏初滴鸡初鸣,千官群趋楼五凤。
帝起频呼左右扶,晏朝屡恐诗人讽。
彼都人子尔则同,愤激而言语深痛。
四十八年政不纲,大厦将倾要梁栋。
如何土木与浮屠,良佑空求福田种。
土宇日削梵宇增,不利黔黎利僧众。
多宝塔高一丈余,黄金矿竭犹奢纵。
先生有力天难回,毕竟江陵愧姚宋。
佞佛从来佛不知,拈花微笑心空洞。
宝相庄严菩萨尊,生天成佛深宫颂。
可怜一炷香无烟,古巷钟声晚风送。

八十、题黄子久《秋山图》

白云一重山一重，突兀争出云难封。
草木脱尽山攒空，天机所到非人功。
大痴运笔其犹龙，乌目山下支短筇。
晚年华岳游兴浓，一枝铁笛遗仙翁。
清声吹起迎长风，云欲拥之几无踪。
天然丘壑自荡胸，蹊径不与俗手同。
披缣洒墨堆群峰，兴酣欲扫南北宗。
我观此图心神融，恍觉身入云山中。
石林苍苍烟蒙蒙，枯枝瘦立无春容。
独博静趣岩壑通，底用艳写乌桕红。①

---

① 本诗篇末翁方纲有批语曰："此事竟不可放手，竟要刻刻读覆。"

话云轩咏史诗

序一

昔之咏史者，多有感而作也。其专以史评入诗，则唐咸通胡从事①遂积成三卷。然如金陵长平诸什，皆拈贬刺以立题，则又不若后之岭南诗社组织吊古以成律者矣。盖咏史者，其辞婉，其志和，与吊古之体稍有间尔。

往者，吾友谢蕴山②为咏史七律，予既为序以道其用意，然其中诸题犹以美刺并陈也。今俪笙咏史七律二百首，用意与蕴山略同，而概无刺恶之咏；虽抑扬往复指归各出，而读者无怨无怒，庶几其进于怿志乎？俪笙今方以读礼家居，将博稽古籍以审求经义，不仅以研比声律为工也。予故为著其理情称事之本焉。

---

① 胡从事：胡曾（约840—?），唐邵州邵阳人，号秋田。咸通进士，尝为汉南节度从事。高骈镇蜀，辟为书记。曾居军幕，每览古今兴废陈迹，慷慨怀古，作《咏史诗》三卷（《唐才子传》作一卷，此从《全唐诗》）。胡曾《咏史诗》共一百五十首，皆七绝，每首以地名为题，评咏当地历史人物和历史事件。《四部丛刊三编》本有胡曾同时人邵阳陈盖作注及京兆米崇吉评注。另有《安定集》十卷，今佚。《全唐诗》共录为一卷，仅存数首。事迹见《唐才子传》、王重民《补唐书胡曾传》（《中华文史论丛》，1980年第2辑）。

② 谢蕴山：谢启昆（1737—1802），字良璧（一作"壁"），号蕴山，又号苏潭。一说字蕴山，号苏潭。江西南康人，著名学者、方志学家，有《树经堂咏史诗》五百二十六首传世。

予与俪笙城南论诗,因格以审音,溯源以命格,有不专为隶事而发者。心之精微,又非可以质语传耳。

嘉庆五年庚申夏六月朔北平翁方纲

序二

新安曹宫保文敏公与予属莫逆交，公骑箕后，予既序其《石鼓砚斋诗集》而行世矣。令子俪笙宫詹以辛丑入翰林，时予已家居。有自京师来者，知其优游典籍之场，休息篇章之囿，穷年矻矻，日手一编，可谓能世其家学者。

宫詹于壬子典试浙闱，旋奉命视学中州。道经吴阊，谒予于紫阳书院，以经义、史事质疑于予。予益知为嗜古之士。

今以《咏史诗》二卷示予，上自周秦，下迄元明，凡七言律诗二百首，纲罗得失，包括始终，操绳墨而无私，临凝结而能断。褒衮而兼贬钺，属辞比事之体也。美善而无刺恶，温柔敦厚之思也。

宫詹其深于《春秋》、深于《诗》者乎？至于振采能鲜，负声有力，巧思绮合，妙对珠联，心感慨而沉雄，调悠扬而啴缓，又其余事已。

予更读宫詹《诗文集》五十余卷。宫詹年未曰艾，而所著之富若此，于以含章奋藻，润古雕今，绍先世之清芬，纪盛朝之鸿烈，将见卓然成不朽业也。岂独笙簧艺苑、藻缋词林已哉！

嘉庆五年秋八月十二日，嘉定钱大昕①

---

① 钱大昕（1728—1804）：字晓征，又字及之，号辛楣，晚年自署竹汀居士，江苏太仓人。清代史学家、文学家、教育家，乾嘉学派代表人物，被誉为"中国十八世纪最为渊博和专精的学术大师"。其学以"实事求是"为宗旨，其治学范围广博精深，在史学、经学、小学、算学、校勘学及金石学等学术领域，均有建树和创见。一生著述甚富，后世辑为《潜研堂丛书》刊行。

序三

宫詹曹俪笙同年，裁制雅轮，发挥史轴，守文章为职业，达忠孝于性情，《咏史》七言律诗二百首，韵语阳秋，纪言月旦。其取材也富，其比事也精。篇体在大历、长庆之间，评断掩铁厓①、茶陵②而上。衮褒钺贬，鉴空衡平。盖由擅美三长，导源六义。泃景行于尚友，岂争席于前贤？已哉！且夫欲歌欲泣，发天地之至文；谁毁谁誉，存古今之直道。诗者，持也。必主持名教，可与言诗。史者，使也。非驱使《典》《坟》，难言作史。兼斯二者，君庶几焉。仆花管无灵，竹书成蠹。白头授简，重窥东观之编；青眼论文，共剪西窗之烛。服膺巨制，

---

① 铁厓：当为"铁崖"，指杨维桢（1296—1370）。杨维桢，字廉夫，号铁崖、铁笛道人，又号铁心道人等，晚年自号老铁、抱遗老人、东维子。元末明初诗人、文学家、书画家。其诗作以古乐府诗最富特色，既婉丽动人，又雄迈自然，史称"铁崖体"，为历代文人所推崇。著有《东维子文集》《铁崖古乐府》《丽则遗音》《复古诗集》等近二十种。

② 茶陵：李东阳（1447—1516），字宾之，号西涯。祖籍湖广茶陵（今湖南茶陵），明朝内阁首辅，死后赠太师，谥文正。李东阳主持文坛数十年之久，其诗文典雅工丽，为茶陵诗派的核心人物。又工篆书、隶书。著有《怀麓堂稿》《怀麓堂诗话》《燕对录》等。后有清人辑编《怀麓堂集》和《怀麓堂全集》等。

志愧鄙词。

嘉庆庚申闰夏上浣六日静厓汪学金①

---

① 汪学金（1748—1804）：字敬箴，号杏江，晚号静厓，江苏镇洋（今江苏太仓）人。乾隆四十六年（1781）一甲三名进士，授翰林院编修。嘉庆四年（1799）诏修《纯庙实录》，擢中允。明年，升侍读，充文渊阁校理、日讲起居注官。再升左庶子，以病乞归。晚岁，营静厓小筑，水竹弯环，梵磬龛灯，俨然世外。著有《井福堂文集稿》十卷、《静厓诗初稿》十二卷、《后稿》十二卷、《续稿》六卷，又辑《娄东诗派》二十八卷。诰授中宪大夫。入《清史列传·文苑传》。

序四

　　铁厓、西涯古史乐府先后相望，可谓极诗人之变。我朝尤西堂①明史乐府，拟其体亦工。乐府词无定格，特兴到为之耳。宫詹俪笙先生熟精史事，约之以律，品骘之确，驱使之富，较之前人，用心又苦矣。学者好为议论，兴酣落笔，不难与铁厓诸人争奇。欲求其贯串熨帖，斟酌出之，如此二百篇，吾知操觚而前，即敛手而退，断无有一拟再拟，袭而弥工者。

　　登隽与先生数晨夕者十余年，见先生弱冠时于文章即好为其难，体博用闳，往往与古作者相抗。少陵云："老去渐于诗律细。"此事固与年俱进，有不可强者在焉。

---

① 尤西堂：尤侗（1618—1704），字展成，一字同人，早年自号三中子，又号悔庵，晚号艮斋、西堂老人、鹤栖老人、梅花道人等，苏州府长洲（今江苏苏州）人。明末清初诗人、戏曲家，曾被顺治誉为"真才子"，康熙誉为"老名士"。尤侗在诗、文、词、曲等多个领域均有建树，著作大都收入《西堂全集》和《余集》中。

登隽别先生九载，读先生之诗，又不禁浩然有离索之感矣。

嘉庆五年春正月下旬祁门谢登隽①

---

① 谢登隽：字才叔，又字金门，号易堂、梅农，祖籍芜湖，祁门人。乾隆三十六年（1771）中举，翌年中进士，授国子监学正，改助教。尝充四库馆篆隶分校官，品学书画，名著当世。历任汉阳、黄州、德安、宜昌府同知，升知府。谢登隽拒腐倡廉，人称"冰壶太守"。性悟淡自守，喜交名士，著《退滋堂集》、《梅农诗牌》一卷、《退滋堂遗诗》一卷。

卷上

周

一、季札

平生守节子臧同,泰伯传家至德隆。
伶舞尽观三代乐,工歌先奏二《南风》。
剑酬故友联生死,缟赠知交订始终。
报聘邻封推博物,讵徒上国语言通?

二、伍员

乞食吹篪密网逃,功名隐忍志坚操。
孝衔楚怨生非幸,忠报吴恩死亦豪。
悬目会看驰敌骑,伤心终欲寄儿曹。
江流不散投尸恨,千古冤声万顷涛。

三、范蠡

高台何处问姑苏，勾践功成展霸图。
敌国破时伤兔狗，扁舟浮去爱江湖。
略同乌喙难栖越，漫号鸱夷竟沼吴。
三致千金分散尽，谁能豪富效陶朱？

四、屈平

一卷《离骚》泣鬼神，命宫磨蝎记庚寅。
蛾眉毕竟防谗口，醒眼何能看醉人。
詹尹决疑徒款款，女媭善詈独申申。
只今抛与江鱼腹，犹是中朝骨鲠臣。

五、乐毅

诸侯兵合壮军坛，攻入临菑未解鞍。
燕将倘非逢骑劫，齐城那得复田单。
啖秦计利移师易，归赵心伤寤主难。
郑重报书忠悃见，长留孤冢表邯郸。

六、鲁仲连

高士飘然绝俗尘，胸怀矫矫论訚訚。
方将助赵谁臣赵，何忍尊秦竟帝秦。
挫敌迥殊弹铗客，却军岂必负戈人。
千金为寿同商贾，坐使先生蹈海滨。

七、息妫

楚宫欢笑迓鱼轩，息蔡真成宿世冤。
说到夫妻空有恨，生来儿女总无言。
谁教彼美求新特，却为吾姨绝旧婚。
多少细腰皆饿死，未亡人独答君恩。

八、西施

果然一笑遂倾城，愁向吴宫老此生。
壮士辞家犹堕泪，美人亡国不须兵。
浣花池畔春无色，响屟廊边夜有声。
只恐越王情更重，五湖摇去觉身轻。

秦

九、项羽

八千子弟渡江西,孰料阴陵失道迷。
名将世传犹项氏,美人对泣只虞兮。
终贻霸地皆降汉,漫引雄兵但击齐。
末路英雄何处去,乌骓不逝向风嘶。

十、虞姬

得幸君王殉此身,奈何唤罢泪沾巾。
不扬兵气偏为妇,欲和歌声那有人?
镜影莫窥秦殿晓,花容肯伴汉宫春。
红颜薄命英雄死,终古伤心楚水滨。

十一、范增

玉玦空提玉斗撞，何心白璧尚留双。
怒求骸骨疽先发，败掷头颅鼎漫扛。
七十翁偏仇赤帝，八千人孰救乌江？
老臣愤恨羞为虏，竖子无谋丧楚邦。

西汉

十二、戚夫人

羽翼非成四皓功，汉皇计早定储宫。
娥妁孰制椒房里，人彘空怜鞠域中。
已见嘘唏流涕苦，莫言连爱绾心同。
楚歌楚舞情无极，不比还乡唱《大风》。

十三、李夫人

承恩深入九重闱,舞去身轻燕子飞。
但使生前留绝艳,不堪病里对清徽。
少翁能致嫌终幻,好女遥看怅有违。
灯烛夜张帷帐设,倾城倾国是耶非。

十四、班婕妤

柘馆频邀羽葆临,诵诗窈窕佩良箴。
早愁主嬖曾辞辇,终荷君怜特赐金。
宠便争时随意让,情从浅处受恩深。
秋风莫把齐纨弃,团月裁成夜夜心。

十五、萧何

咸阳纵火烬秦宫,收得图书待沛公。
诸将攻城皆阃外,酂侯转漕独关中。
所追只为无双士,不战应居第一功。
莫笑当年刀笔吏,汉家贤相仰休风。

十六、曹参

欣逢戡乱戢干戈,治本无为养太和。
能守萧何成法定,常随韩信战功多。
欢呼每共民休息,燕饮偏从吏醉歌。
休怪教遵黄老术,怕教父老苦秦苛。

十七、张良

不三万户愿封留，帷幄功高妙运筹。
为帝者师黄石教，弃人间事赤松游。
谋臣幸用能移爱，刺客何来为报仇。
顿化沙中诸将语，试看雍齿什方侯。

十八、陈平

门外方多长者车，岂真有叔不如无。
主臣终任一丞相，娶女何嫌五丈夫。
奇计奇功原独秘，阴谋阴祸竟非诬。
饮醇近妇皆机巧，肯使馋行畏吕媭。

十九、韩信

震主威兼不赏功，果然鸟尽遂藏弓。
杀机早伏多多里，反状难消鞅鞅中。
枉负王孙哀漂母，徒劳壮士释滕公。
倘如胯下能蒲伏，钟室何由悔丧躬。

二十、樊哙

屠狗乘机握将权，鸿门撞入特冲筵。
大王岂忍充鱼肉，壮士无难食彘肩。
当日披帷词慷慨，他年排闼涕流涟。
淮阴怏怏羞为伍，试问功名孰保全？

二一、陆贾

往来子舍坐安车，侍者从歌鼓瑟初。
尽有橐中堪酒食，可能马上不诗书。
赵佗奉约蛮方定，周勃交欢吕氏锄。
两使（去声）越南征口辩，著成《新语》许谁如。

二二、贾谊

汉家风俗侈从秦，痛哭危言政事陈。
诏起雒阳征博士，书投湘水吊骚人。
长沙不失为师傅，宣室终怜问鬼神。
鹏鸟飞来年竟夭，只教绛灌号才臣。

二三、晁错

竟危晁氏枉安刘，帝为诸侯反报仇。
吴楚兵缘争地起，申商学岂保身谋。
实边纵易千家徙，削郡终难七国收。
徒号智囊嗟不智，幄中远逊子房筹。

二四、周亚夫

号令森严细柳营，壁门开处众皆惊。
将军凛凛持兵揖，天子徐徐按辔行。
戒勿驱驰威独重，许能缓急任非轻。
如何赐食嗟无箸，怏怏偏嫌抱不平。

二五、汲黯

笑用群臣似积薪，后来居上问何人。
发仓河内欢持节，治郡淮阳许卧身。
正要将军尊揖客，休随文吏杀愚民。
不冠不见帷中避，犹犯龙颜触逆鳞。

二六、李广

肯严刁斗卫牙幢，飞将威棱震远邦。
冠世功名嗟有几，惊人材气叹无双。
老犹封吏甘先死，生不封侯杀已降。
格虎竞推猿臂勇，何烦善射数甘逢。

二七、苏武

奉使匈奴诏令赍，节旄落尽手仍携。
望云目断重关隔，啮雪心寒大窖栖。
谁与上林书寄雁，何曾北海乳流羝。
归来不奉封侯赏，麟阁空劳御笔题。

二八、卫青

七出边关屡建猷，微时能忍牧羊羞。
敢求民母亲如子，不意人奴贵竟侯。
持诏军中新印绶，立功塞外老戈矛。
门无宾客何招士，善保勋名到白头。

二九、董仲舒

广川不愧首贤良,阐发天人对策详。
学黜百家师至圣,道匡两国相骄王。
朝廷议每嘉谋告,庙殿灾曾侃论昌。
争说《春秋》功最久,推求治理识阴阳。

三十、司马相如

梁园词翰独超群,令客临邛意甚勤。
给札为郎优武帝,弄琴有女艳文君。
千金赋买邀恩幸,一卷书遗获奏闻。
堪笑王孙守钱虏,私财他日却均分。

三一、张骞

水通银汉接云根，八月槎来激浪痕。
持节能教尊汉使，结婚终欲合乌孙。
边关贡献符金马，亭鄣安排列玉门。
不是河源穷塞北，谁从万里睹昆仑。

三二、司马迁

惨同巷伯泪流襟，汉室孤恩恨古今。
麟阁功酬苏武薄，龙门祸构李陵深。
被刑莫惜摧残体，作史徒伤发愤心。
纪传千秋诚创笔，合教博洽列儒林。

三三、东方朔

滑稽雄肯屈朋侪,非有先生与俗乖。
未碍公卿皆傲弄,不闻天子敢诙谐。
力争嬖幸陪宣室,心愿灾祥奏泰阶。
妒杀侏儒饥欲死,割归肉为细君怀。

三四、朱云

不惜微躯殿可攀,棱棱风采著鹓班。
折充宗角低儒首,断佞臣头犯帝颜。
剑欲厉余羞隐忍,槛还旌直愧邪奸。
独怜排难陈辞者,身在腰弓髀槊间(谓辛庆忌)。

三五、梅福

封奏何须急假轺，读书养性识真超。
神仙渺矣游三岛，妻子公然弃一朝。
危汉室终王莽篡，奉汤祀岂仲尼祧。
他年名姓徒劳变，未必吴门远市嚣。

三六、霍光

昭宣拥立显经纶，自谓安刘社稷臣。
伊尹放桐由总己，周公负扆在冲人。
芒如刺背谁骖乘，火不焦头盍徙薪。
谋纵阴妻威震主，诛夷宗族及诸姻。

三七、赵充国

他变无生大小开，计擒首恶击先零（音怜）。
叛羌处处常为寇，老将年年只在边。
骁勇三千通朔塞，便宜十二辟屯田。
安车驷马荣君赐，万里归来雪满颠。

三八、疏广

太傅荣跻特进班，一朝移病故乡还。
公卿并送方遮道，父子相随竟出关。
自守田庐安旧业，共酣酒食乐余闲。
黄金有几频频问，知足无投世网艰。

三九、张敞

市无桴鼓盗无偷,走马章台控紫骝。
障面不教人属目,画眉却为妇低头。
将军功保三侯罢,京兆威行五日留。
衎衎终嫌持法急,吏家构怨子孙忧。

四十、刘向

贵族争豪俗斗奢,心忧社稷每咨嗟。
数(入声)陈封事官中垒,力谏权谋戚外家。
《洪范》精推箕子证,青藜朗照老人夸。
二恩未报经三主,优礼空教遇有加。

四一、扬雄

西蜀宏才丽子云，似相如早荐雄文。
未收使者先投阁，不有门人孰起坟。
赤族每愁遭跌骤，《玄经》那碍献嘲纷。
《美新》功德殷勤颂，莽大夫高翰墨勋。

四二、黄霸

治行当年推第一，循声早觉沸通衢。
集飞郡国何多凤，攫食邮亭尚有乌。
能使吏民条教守，偏惭丞相纪纲扶。
调和鼎鼐诚非易，不比专城说剖符。

四三、卓文君

岂效姮娥向月奔，不材女欲笑王孙。
未闻玉貌争夸艳，却把琴心暗结婚。
四壁贫家空吊影，一堂贵客漫消魂。
何堪身作当卢妇，夜伴郎君犊鼻裈。

四四、明妃

旧恨新愁马上时，琵琶一曲谱宫词。
边尘欲暗菱花镜，汉月难描柳叶眉。
绝异红颜悲自误，无多青草受人知。
天家只想和戎好，不费黄金买画师。

东汉

四五、邓禹

君臣相择两心知，愿效功名竹帛垂。
斩将破军森剑戟，停车住节扬旌旗。
非常人早留青眼，不遂功犹愧赤眉。
他日受封增户邑，闺门修整有清规。

四六、寇恂

河内厉兵城独固，颍川讨贼垒先摧。
一年岂易君留守，百姓真从帝借来。
戮使能降经济略，给军不绝转输才。
何堪两虎伤私斗，结友同车孰怨猜。

四七、冯异

臣本诸生受命遭，论功谦让敢矜劳。
谁夸召伯甘棠美，犹逊将军大树高。
梦贺乘龙尊号上，战怜弃马玺书叨。
无蒌亭粥虖沱饭，厚意难酬帝赐褒。

四八、岑彭

荆门扼隘虎牙张，倚重荆南水战长。
飞炬桥烧看火盛，逆流船上（上声）任风狂。
直临巴郡攻平曲，遂溯都江拔武阳。
夜半亡奴成刺客，果符营地是彭亡（彭亡，地名）。

四九、耿弇

渔阳涿郡悉除魁，建策南阳帝业恢。
北道主人堪北向，西方使者漫西来。
将军正欲精兵合，降虏何当弊贼摧。
有志竟成功效著，战锋所向本无摧。

五十、窦融

豪杰蜂争谁拔起，王侯蝉蜕独尊荣。
奉书东向先归马，从驾西征遂会兵。
兄弟并封心早怯，子孙多纵梦频惊。
平生进退觇风度，肯效田蚡祸窦婴。

五一、马援

大度恢宏识帝王，伏波专意向东方。
山林聚米谋先胜，薏苡成珠谤可伤。
铜柱功曾标岭峤，云台像乃避椒房。
回思趾趾飞鸢堕，空负平生志慨慷。

五二、严光

列宿光芒接上台，帝星只许客星陪。
风清石骨长鸣濑，水碧江心曲绕台。
天子知交非易遇，狂奴故态竟难回。
当时悔不披蓑钓，却为羊裘物色来。

五三、班固

帝坟正得裁成妙，宾戏何妨辨论长。
良史董狐同鲠直，极刑司马共冤伤。
两都作赋谁为主，二世居官不过郎。
典引篇中称汉德，元符底用侈休祥。

五四、班超

佣书无计笔先投，小子安知壮士谋。
独奋一身通绝域，竟行万里取封侯。
捷功屡递龙沙奏，奇策曾探虎穴求。
三十余年边塞老，玉门关唱大刀头。

五五、徐稺

南州高士孰寻踪，耕稼甘为自食农。
设榻屡悬陈仲举，束刍独吊郭林宗。
蒲轮欲聘偏难待，缥币虽征那肯从。
鸡酒酬恩黄太尉，追来轻骑笑茅容。

五六、杨震

产业休营负郭田，愿贻清白子孙贤。
四知应愧苞苴术，三府谁持辟召权。
亭外悲鸣惊集鸟，堂中喜舞兆衔鳣。
关西孔子难为继，强项独闻奕世传。

五七、张衡

制作真侔造化成，高才跌宕笔纵横。
五经学问游三辅，十载精神赋《二京》。
交好《太玄》惩谶纬，书垂《灵宪》法玑衡。
河间为相功尤著，奸党收禽识姓名。

五八、马融

将军门下愿低头，党附难逃正直羞。
不合献谀《西第颂》，空令移病北乡侯。
鼓琴吹笛声歌乐，对策谈经典籍搜。
笑为生徒施绛帐，忽闻女乐发清讴。

五九、蔡邕

同时旷世逸才推，《汉志》犹思后史垂。
求罢婚姻三互法，奏刊文字六经碑。
爨桐独妙裁琴鼓，橡竹还工撧笛吹。
只惜鸣蝉飞未去，螳螂那易杀心知。

六十、李膺

荀陈师友古风敦，八俊名高世所尊。
令匿柱中惊破柱，士游门下羡登门。
宦官早结谋诛祸，钩党徒衔构陷冤。
何似阳城高不出，悦山乐水守家园。

六一、孔融

年少才高负重名，不羁豪士总天生。
竟能为主阴留俭，一任呼儿力荐衡。
李老君犹论古谊，蔡中郎每触深情。
抚尸痛哭惟脂习，宾客同时酒漫倾。

六二、祢衡

词华盖世重朝端，挝鼓渔阳吏胆寒。
刘表不容徒有士，孔融虽荐卒无官。
死公讵可称黄祖，竖子何堪辱老瞒。
太息怀中看字灭，终嫌一刺欲投难。

六三、华佗

头风不合手除之，遂使奸雄杀恐迟。
岂炼阴阳偷古药，能知生死胜今医。
五禽戏想神仙授，一卷书悲狱吏遗。
活命他人难自活，从来名重即身危。

六四、班昭

大家名直达宸居，尽有文章重石渠。
身著七篇垂《女诫》，手成《八表》续兄书。
马融受读恒趋阁，邓骘容还任守庐。
不独高才夸博学，闺中经济更无如。

六五、曹娥

为剔苔绞读《孝碑》，吾家巾帼愧须眉。
伍君卷浪翻神手，一女投江抱父尸。
水面祝来衣共没，潮头涌去浪逾滋。
石旁借问谁题字，千古齑辛绝妙辞。

六六、蔡文姬

中郎无后老瞒哀，万里风沙塞外回。
都尉如何能乞命，奸雄毕竟肯怜才。
特抛金璧酬偿去，为问诗书忆识来。
可惜乱离身世苦，兰心蕙质不禁摧。

蜀

六七、孙夫人

妾身终不到成都，合向洪涛濯此躯。
万里魂归徒望蜀，一生心恨骤还吴。
晓看山走云同急，晚对江流月亦孤。
灵泽夫人知是否，蟂矶庙里有啼乌。

六八、北地王

庙中痛哭正何堪，大义真能侃侃谈。
烬合背城犹借一，鼎移折足不成三。
愿随社稷亡身殉，肯使妻孥见敌惭。
英祖神孙名共著，无情后主奈痴憨。

六九、诸葛亮

三分统接汉西东，为许驰驱矢鞠躬。
大著威棱泸水外，预筹韬略草庐中。
岂争管乐千秋业，独压孙曹一世雄。
天命有归知莫济，泣承遗诏永安宫。

七十、庞统

共语何人据树头，士推冠冕重南州。
高名特媲龙同凤，雅鉴会评马与牛。
早定三分占气运，非徒百里展才猷。
剧怜入蜀伤流矢，妙计难争决胜筹。

魏

七一、陈思王

禽权鹹亮志难伸，博得才名绣虎真。
援笔遂成《铜爵赋》，提刀谁倩玉阶人。
羞教自饰如文帝，漫托相思到洛神。
宠爱日衰心日蹙，尚求存问笃亲亲。

七二、邴原

郁洲山上辟蒿莱，泛海辽东亦壮哉。
虎患争看离眼去，鸟穷尽许入怀来。
远书未负相分意，饮酒同推不醉才。
莫谓能罗鹓鶵网，云中白鹤又南回。

七三、管宁

何处堪容八尺身，节高天子不能臣。
暂为凿室依山客，甘作乘桴越海人。
当膝未嫌穿木榻，乞骸岂愿聘蒲轮。
平居白布单衣着，绝意登朝领缙绅。

七四、钟繇

堕水真符相者言，人生当贵识根源。
给军送马兵机握，戏海飞鸿笔力搴。
心膂曾邀铭特奖，肉刑谁辨法无冤。
高年舆疾同登殿，留得三公故事存。

七五、王粲

宾客相看一坐惊，中郎倒屣为谁迎。
围棋局逞旁观巧，举笔文推宿构成。
貌寝每来轻薄待，才高多向乱离生。
哀哀无后谁能救，太祖军前悔远征。

七六、陈琳

豫州一檄见锋铓，气慑曹公罪状彰。
骂到奸雄何父祖，管将记室又文章。
终推手笔为清秩，能愈头风是秘方。
七子建安谁杰出，却从河朔想鹰扬。（子建《与杨德祖书》："孔璋鹰扬于河朔。"）

七七、阮籍

大放穷途恸哭声,眼中青白最分明。
卧贪炉畔因邻妇,酿恋厨头作步兵。
辞去参军工免祸,笑他竖子浪成名。
《咏怀》八十余篇富,嗜酒弹琴傲一生。

七八、嵇康

龙性难驯任笑嘲,野如禽鹿伴山坳。
故应向秀常相对,未合山涛也绝交。
柳树锻看炎日避,竹林游听好风敲。
《广陵散》绝伤中散,从此琴弦不用胶。

七九、管辂

指天画地算如神，不比成都卖卜人。
预决死生知日月，高谈休咎动星辰。
庭中早卜飘风恶，树上先占快雨新。
富贵可期嗟不寿，才长命短究何因？

吴

八十、桓王

江东割据辟吴疆，天下争衡势莫当。
漫欲引兵迎汉帝，谁能有子匹孙郎。
镜中见吉冤魂骇，榻畔呼权爱弟伤。
创甚不堪分裂苦，英雄无命叹天亡。

八一、周瑜

退走曹公十万兵,火光赤壁隔江明。
小乔国色欢为婿,大帝天才事以兄。
两国孙刘嫌合好,一时瑜亮恨同生。
闲情妙得周郎顾,饮酒方酣听曲声。

八二、二乔

太尉英灵不可招,香闺有女定魂销。
两姨艳丽争相媚,二婿风流暗自骄。
妾命流离遭乱世,兵书牢落读残宵。
笑他铜雀深深锁,妒杀江东大小乔。

晋

八三、羊祜

身长七尺美须眉,风度轻裘缓带时。
汶水游来夸好相,岘山造处咏新诗。
策功应立磨崖石,颂德争看堕泪碑。
岂有鸩人羊叔子,药投陆抗了无疑。

八四、杜预

杜父讴歌又杜翁,原田灌溉漕舟通。
一身能了公家事,四海咸称武库功。
狗颈系来城尽血,贼心夺处火方红。
不妨《左传》耽成癖,爱马求钱计孰工。

八五、卫瓘

克蜀功成不受恩，幽州又复督军门。
让封有爵同兄弟，遭祸无辜到子孙。
两世四侯华秩著，一台二妙草书存。
抚床惜座公真醉，贾后心衔在手痕。

八六、张华

鹦鹉词华伤处士，《鹪鹩赋》意悼司空。
伐吴力赞《平戎策》，匡晋宏资《博物》功。
石鼓无声桐刻蜀，斗牛有气剑埋丰。
天星半夜中台坼，使者来呼诏斩公。

八七、王济

非关主婿受恩深,娓娓清言帝所钦。
乘马渡头谙马性,赌牛床畔割牛心。
乳和豚美惊君去,声作驴鸣笑客临。
京洛当年夸第宅,北芒山路杳难寻。

八八、王濬

广营甲第诧同侪,长戟幡旗预定谋。
舟舰暗修留剑阁,屋梁高卧梦刀州。
计才发蜀临江口,功已平吴入石头。
风利不教船得泊,南箕贝锦岂无忧。

八九、山涛

启事特甄人物重，陈情方趁主恩浓。
爵同千乘无嫔媵，位作三公不鼎钟。
八斗酒难逾量饮，百斤丝尚积尘封。
生儿何必夸王衍，早为苍生泪满胸。

九十、卫玠

羊车入市路无尘，看杀争怜是玉人。
乐广故应夸快婿，王敦讵肯许忠臣。
忽传形秽惭侪辈，更觉神清迈等伦。
平子闻言先绝倒，相逢谈道见天真。

九一、刘伶

一生旷达适其天，荷锸相随意洒然。
只爱鹿车常据膝，何堪鸡肋更安拳。
闭关独守韬精念，饮酒偏酣《颂德》篇。
不必摄生能寿考，笑他心慕赤松仙。

九二、陆机

闭门勤学古为徒，子患才多语不诬。
与弟妙龄夸入洛，有人高策劝还吴。
领兵枉自雄牙将，作督翻教恨貉奴。
速祸何曾因首鼠，华亭鹤唳可闻乎？

九三、潘岳

家园亲掖板舆过，奉母闲居乐且歌。
京洛道中投果满，河阳县里种花多。
拜尘空取权门媚，衔恋难求怨府和。
白首同归成谶语，可怜石友也消磨。

九四、周处

猛兽雄蛟岂易迁，入山投水奋空拳。
便依父老除三害，安得君亲计两全。
志不生还悲血战，军无后继痛身捐。
苦吟藜藿甘粱黍，策马观戎气慨然。

九五、嵇绍

荡阴突骑听征鼙,捍卫身高御辇齐。
马自乘来谁骏索,鹤应归去但鸡栖。
箭飞纵使锋攒雨,血溅还觇气吐霓。
合听锵鸣趋殿省,伶人丝竹未堪携。

九六、王导

欢饮新亭笑客愁,相期勠力复神州。
归心早见倾吴会,流涕何烦作楚囚。
尘每污人忙举扇,馆方处妾急驱牛。
三朝辅弼推元宰,经纬能绵国缀旒。

九七、陶侃

终朝运甓敢辞慵，当惜分阴步禹踪。
二客冲天旋化鹤，一梭挂壁忽腾龙。
还城只定行三日，坠地原难到九重。
木屑竹头皆有用，武昌官柳绿阴浓。

九八、温峤

首启戎行念至尊，石头城外阵云屯。
檄移藩镇昭公恶，泪洒宾僚报国恩。
豕突无桥兵易阻，犀然有水怪难奔。
绝裾以后思将母，忠节空求孝子门。

九九、周顗

仆射无由解宿酲,过江何日不飞觥。
火攻固自输良策,酒失终教损盛名。
忍使幽冥甘负友,要惟空洞足容卿。
贼臣频向王敦骂,面热应难住扇声。

一〇〇、卞壶

立朝正色绝无私,谁似岩岩卞望之。
举世风流王谢尚,一门忠孝眕盱随。
背创未合能攻贼,爪甲犹穿孰发尸。
死后如生征不朽,青溪力绝督军时。

一〇一、郭璞

高才笃志在绨绁，客傲申怀寄托长。
日暗精光愁黑气，火焚灵术惜《青囊》。
葬龙雅合攀龙想，活马真超相马方。
也识山宗能杀我，莫逃年寿尽南冈。

一〇二、葛洪

棋局樗蒲欲识难，闭门却扫恣研钻。
不因句漏求为令，那向罗浮炼有丹。
秘术早知传妙药，空衣争讶举轻棺。
书成《抱朴》穷精奥，定证神仙列上坛。

一〇三、殷浩

梦尸梦秽骋高谈，文采风流自不凡。
终日留连书怪事，一生断送达空函。
相随韩伯因钟爱，素忌桓温早进谗。
江左兴亡觇出处，将军不配署头衔。

一〇四、谢安

高卧东山自啸歌，苍生今亦奈卿何。
十年废乐难兄少，一局围棋破贼多。
雅志仍传装泛海，清言试听辨悬河。
不堪重到西州路，哀感羊昙恸哭过。

一〇五、王羲之

东床坦腹妙忘形，三少驰名尚幼龄。
老姥卖书持竹扇，群贤修禊集兰亭。
风追数马还垂训，心想笼鹅为写经。
年届桑榆悲暮景，陶情粉竹倩谁听。

一〇六、王献之

辟疆园里兴翩翩，傍若无人傲客筵。
童子漫瞋新白练，偷儿岂爱旧青毡。
笔当偶误牛因画，管不须窥豹未全。
最好作歌桃叶渡，自迎桃叶倚江边。

一〇七、陶潜

不赴弓招赴酒招，忘怀得失道逾超。
只应对客闲伸脚，岂有为官苦折腰。
巾可漉时刚酿熟，琴无安处也弦调。
北窗高卧南窗傲，真个田园乐事饶。

一〇八、卫夫人

闺中墨妙首称奇，《笔阵图》垂后世规。
收到右军为弟子，授从太傅是名师。
大娘舞剑传神技，美女簪花绝世资。
春蚓秋蛇休比拟，涂鸦多少让蛾眉。

一〇九、绿珠

天不容人尽意怜，妾身效死在官前。
摧残红粉高楼畔，零落燕脂旧井边。
长笛一声吹已破，明珠三斛买难圆。
落花到地浑无色，葬去香泥亦少妍。

一一〇、谢道韫

林下风高咏絮才，《葩经》好句诵低徊。
夸将谢氏何知婿，嫁得王郎尚恨媒。
素褥帐中簪髻坐，青绫部里解围来。
最难抽刃肩舆出，竟把刘涛力救回。

一一一、苏蕙

流沙远徙几人还，凄惋词成寄玉关。
万里情通凭宛转，千行字读妙循环。
旧恩莫效齐纨弃，新样争传窦锦斑。
巧制《回文》原创格，诗家绝调妒红颜。

卷下

宋

一一二、檀道济

征南镇北著殊猷，夜半量沙故唱筹。
下渚未行鹢忽集，长城自坏帻空投。
魏军逼战临瓜步，文帝埋忧积石头。
若使江州非枉杀，不应谣起白浮鸠。

一一三、谢灵运

铺扬祖德述家声，江左文章独擅名。
山水清晖游处发，池塘春草梦中生。
永嘉郡笑官犹懒，康乐公悲佛不成。
倪使幽栖甘隐退，此身何至缚尘缨。

齐

一一四、谢朓

二百年来无此诗,沈休文亦首推之。
郎迁吏部崇三让,郡领宣城畅一麾。
天际归洲平似掌,窗中远岫列如眉。
清词丽句传难尽,寥廓高翔语可悲。

梁

一一五、昭明太子

恂恂视膳孝烝烝,金博山加宠命膺。
收揽人才延学士,宣扬佛教引名僧。
寿安殿敞移时讲,文选楼开尽日登。
闲咏左思《招隐》句,后池女乐竟何曾。

一一六、沈约

谁劝明公应谶谣，赤章岂可奏丹霄。
剑锋忽断扪来舌，带孔频移瘦到腰。
栗事让成三事智，韵声谱定四声超。
妓师也自齐宫出，家令伤心话两朝。

一一七、江淹

何难十万取豺狼，五败争如五胜强。
鹅炙特邀高帝眷，貂蝉果应侍中祥。
探怀还锦文无艳，入梦生花笔有香。
名士从来才易尽，不须晚节笑江郎。

一一八、陶弘景

每经涧谷必盘桓，喜听松风响树端。
高节无惭谥贞白，奇方谁与合飞丹。
华阳洞里闲寻药，神武门前急挂冠。
只惜山中呼宰相，仙家不爱说高官。

一一九、木兰

三军无处决雌雄，腰佩蛮刀手挽弓。
有女胜男夸振旅，以身代父愿从戎。
莎虫何事催机杼，鞍马偏劳习战攻。
十二年中浑莫辨，云鬟窈窕髻玲珑。

陈

一二〇、徐陵

麟生天上看摩顶,凤化云中梦集肩。
手笔争传金殿诏,心精妙制《玉台》篇。
谁来嘲客惭何晚,端为知人赏特先。
毕竟青睛聪慧相,兼闻妙谛悟真禅。

前秦

一二一、王猛

鬻畚何缘父老逢,嵩高已绝白云踪。
尽谈世事仍扪虱,合拟卿才是卧龙。
栖爱华山思隐遁,败惭淝水忆勋庸。
君臣相得心相契,悔绝临终语未从。

魏

一二二、高允

祸福何知塞上翁,肯从得失计穷通。
友常衡品呼文子,帝不称名唤令公。
寿享百龄阴德厚,位跻三省渥恩崇。
平生矫矫持风节,却为忘身保始终。

周

一二三、庾信

名齐孝穆擅清新,诗赋江关最动人。
恩礼梁朝同父子,宠光周代又君臣。
何曾萧瑟徒倾泪,颇觉流离也怆神。
老去思归情倍切,死生契阔感怀真。

隋

一二四、韩擒虎

江东试听有谣歌，冬气春风语若何。
朱雀门攻摧铁垒，青骢马起拥雕戈。
漫夸委任先锋久，却笑争功上将多。
我亦不求官柱国，但期能死作阎罗。

唐

一二五、杨贵妃

君王不念旧时欢，竟使花容顷刻残。
权挟将军何有变，祸归妃子却无端。
边烽警急秦关险，栈雨凄凉蜀道难。
香骨已埋情已断，仙山焉得返魂丹。

一二六、房玄龄

秦王一见两心和，幕府能收死力多。
亲有门人犹邓禹，功先诸将比萧何。
国恩自厚奚须让，家诫无忘庶免诃。
谏讨高丽勋最巨，报仇不分为新罗。

一二七、杜如晦

王佐才非浪得名，密参帷幄屡从征。
临机辄断随心合，处事无留应手成。
味美食瓜追往昔，恩深赐带梦平生。
当时良相称房杜，每惜公先大厦倾。

一二八、魏徵

为臣有愿辨忠良,君遇文皇尚谤伤。
怀鹬正当依凤掖,批鳞终许近龙光。
米曾量斗三钱贱,人似磨铜一鉴亡。
书诏几时传已少,剩存故笏作甘棠。

一二九、虞世南

学士鸿裁行秘书,传来戈法帝难如。
一言偶失犹多恨,五绝曾称岂漫誉。
宫体诗规承诏候,屏风字记染毫初。
石渠东观无人矣,空想平生入梦余。

一三〇、褚遂良

宫中飞雉表休祯，苦谏频将口舌争。
遣使贡金求罢却，立储定策费经营。
君臣讵可私观史，儿妇何为重付卿。
崩后有人呼扑杀，岂知此獠命原轻。

一三一、狄仁杰

太行山上白云飞，瞻望亲闱怅有违。
方毁淫祠排虎戟，讵尊妒女避鸾旗。
赐袍何幸缠金字，书帛犹堪置楮衣。
母子情亲姑不衬，庐陵从此得迎归。

一三二、姚崇

公祸几生涕泣时，上阳宫里岂应悲。
二州宣播新碑勒，十事敷陈要说垂。
就第共咨臣职忝，临轩相送帝恩私。
呼鹰逐兽非为乐，老去犹能作猎师。

一三三、宋璟

广州遗爱颂煌煌，鲠正何嫌性太刚。
刺客未成真有幸，边臣不赏早为防。
终看元老称三杰，肯作家奴唤五郎。
铁石心肠偏软媚，《梅花》一赋至今香。

一三四、张说

集贤学士领仙班，视草长瞻咫尺颜。
燕国文同推手笔，岳州诗独得江山。
镇兵尽乐归农里，彍骑还招简役间。
何碍疾邪工诋毁，又看醪馔出恩颁。

一三五、张九龄

帝泣思忠蜀道归，每从风度想清徽。
尚书讵任牛仙客，太子空谋武惠妃。
预识禄山生逆相，肯因林甫蹈危机。
千秋金鉴千秋节，叹息公王讽谕稀。

一三六、颜杲卿

烽火惊心照战场，孤城六日力相当。
功名岂肯从狂贼，魂魄犹能见上皇。
舌鼓钩边桥柱断，发冲篋内瓦棺藏。
平原他日勤王事，忠字同排雁一行。

一三七、张巡

危城也识力难支，遮蔽江淮老敌师。
杀贼死当为厉鬼，屈身生不是男儿。
割肌有愿情能舍，嚼齿无根恨独知。
此日睢阳遗庙在，须髯想见怒张时。

一三八、郭子仪

社稷安危系一身，卅年将相股肱臣。
吐蕃远遁惊元帅，回纥先占见大人。
帝与封王隆异姓，儿还尚主宠良姻。
诸孙绕膝围公拜，贵寿功勋世少伦。

一三九、李泌

曲江小友呼公际，燕国奇童贺帝前。
善处君臣全父子，贵为宰相慕神仙。
摘瓜休向黄台下，出芋曾看碧火边。
着白山人金紫赐，问谁衡岳隐云巅。

一四〇、杜甫

三赋煌煌奏帝京，干戈忽起贼纵横。
诗还号史凌云笔，情不忘君向日诚。
剑阁流离哀痛泪，吹台慷慨啸歌声。
如何论出王平甫，犹说《南山》胜《北征》。

一四一、李白

千古诗名敌浣花，天生仙骨带烟霞。
令公坐法谁知救，贺监论文肯浪夸。
秋浦歌来吟思苦，夜郎流去梦魂赊。
金銮殿上调羹赐，何似青山对谢家。

一四二、段秀实

张椎高筑事从同，象笏淋漓奋击中。
仓卒兵符一印倒，迁延鼓节四更终。
临危肆骂呼狂贼，侍病忘餐号孝童。
可惜殿前曾画地，安边有策未收功。

一四三、颜真卿

甘雨真随御史来，严霜烈日把天回。
羯奴只作书生待，盟主谁知太守推。
讨向禄山忠独奋，叱从希烈志难摧。
不能屈节当焚死，赴火何愁化劫灰。

一四四、李晟

锦裘绣帽阵前装，态度从容气激昂。
执法立诛刘德信，移书切让李怀光。
偏当群贼围城垒，独领孤军入战场。
不是忌功兵柄夺，吐蕃何自劫平凉。

一四五、白居易

吴越归来又洛滨，香山居士旧词臣。
二林寺里逍遥梦，八节滩头散诞身。
到处分藏《长庆集》，几人同见会昌春。
多情蛮素何堪遣，别柳枝时泪湿巾。

一四六、陆贽

诏令簪毫出直庐,山东士卒涕沾裾。
臣陈说论忠逾切,帝听谗言宠日疏。
试想中人迎母候,何如内相得君初。
最怜瘴疠伤迁谪,避谤方深敢著书。

一四七、裴度

三贼兵连气正骄,淮西督战蔡功超。
不容伏盗成奸计,未碍非衣作伪谣。
年岁几何询外国,威棱所在重中朝。
堂开绿野欢无极,燠馆凉台傍午桥。

一四八、韩愈

八代久衰功特起,百川既倒力能回。
推崇儒术尼山学,跌宕文章吏部才。
但使臣身灾祸见,莫叫佛骨朽枯来。
鳄鱼祭后知西徙,夜听狂风送疾雷。

一四九、李德裕

牛李相倾结衅仇,激成朋党国贻忧。
六箴不愧嘉猷告,三镇谁为异志谋。
赵国初封求卫国,潮州再贬死崖州。
令狐入梦公哀我,精爽悲思葬故丘。

一五〇、韩偓

肯向纶闱副具瞻，力辞宰相地深严。
曾依崔允非求宠，不拜朱温岂避嫌？
烛影烧残藏画箧，诗心艳绝咏《香奁》。
谁吟七字冬郎赠，雏凤声清妙句拈。

后梁

一五一、王彦章

捷书空奏诏书遥，画笏陈功恨未消。
一骑铁战摧战垒，三军巨斧斩浮桥。
斗鸡儿岂堪为敌，死豹皮犹足自骄。
闻道寺中存画像，马鸣深夜尚萧萧。

后蜀

一五二、花蕊夫人徐慧妃

岂逊仙人萼绿华,佳名仍袭蜀王家。
极妍国色初开蕊,绝丽宫词不让花。
弃马投戈兵解甲,牵羊衔璧妾随车。
伤心城上降旗竖,只有吟诗胜馆娃。

吴越

一五三、武肃王

衣锦山头挂锦衣,果然王气应星晖。
攻城故触铜铃响,赐马兼邀玉带围。
八百里(地名)屯惊贼走,三千弩伏射潮飞。
书遗妃子临安路,陌上花开缓缓归。

宋

一五四、陈抟

乘驴笑向华阴行，自此寰区见太平。
天子屡朝官不受，逸人数到世咸惊。
野花啼鸟春犹缓，草履垂绦服亦轻。
那有神仙修养术，心留一片白云横。

一五五、赵普

排闼陈桥拥至尊，功推佐命荷殊恩。
重茵设地妻行酒，大雪漫天帝叩门。
物启十瓶金灿色，字焚二瓮火销痕。
匣中约誓何云误，阖户朝朝读《鲁论》。

一五六、曹彬

好官岂果得钱多，囊橐图书剩几何。
诸将欲屠申令约，一人勿杀按兵过。
族常分俸家和乐，吏不呼名世颂歌。
两手儿时知众异，左提金印右持戈。

一五七、吕端

安得糊涂尽似公，一当大事便玲珑。
秦王曾谏居留命，太子端推翼戴功。
喜怒不形频让相，怨仇毋结实绥戎。
暴风樯折舟人恐，犹听书声雪浪中。

一五八、寇准

不金陵亦不成都，万乘澶渊注岂孤。
驻跸尚愁军怯进，渡河试听众欢呼。
血流有母悲扪足，羹污何人愧拂须。
一任楼台无地起，笋生枯竹满街衢。

一五九、狄青

昆仑关夺出奇师，贼气方骄大败之。
交趾甲兵回鼓角，邕州父老拜旌麾。
涅为军劝犹留面，疽以人疑遽发髭。
《左氏春秋》谁所授，古今将略读书知。

一六〇、韩琦

五色祥云见绛霄，两朝顾命相三朝。
宦官构衅陶镕化，母子伤和鼎鼐调。
跋扈劾臣愁赤族，安危系国论青苗。
忽惊枥马星光陨，痛苦军民素旐飘。

一六一、富弼

旌旗鹤雁降庭前，王佐才生瑞应躔。
廿四考输功活众，十三策赖德绥边。
契丹奉使家书毁，元昊称臣国体全。
命相最难宣制日，同朝相庆得真贤。

一六二、文彦博

使臣拱手异人生，门外威仪塞上名。
身阅四朝官将相，年高九老会耆英。
殿庐留宿民情定，禁闼传询帝疾明。
归去洛阳恩礼渥，功成引退享承平。

一六三、范仲淹

胆破军中一范来，早惊西贼气先催。
盐梅国事调贤相，饘粥家风味秀才。
忧乐独关心耿耿，甲兵自运腹恢恢。
龙图老子相呼久，大顺城边奏凯回。

一六四、赵抃

正人端士赖公留，铁面毋贻御史羞。
羊肯市来移越郡，蝗犹飞去避青州。
里中有榜曾庐墓，岭外难归特造舟。
两入成都无长物，一龟一鹤一苍头。

一六五、欧阳修

嫌隙从容弭两宫，立朝侃侃诤臣风。
论持朋党遭诬谤，议建皇储效朴忠。
五代编成良史笔，八家崛起古文功。
晚年书酒琴棋老，号醉翁还六一翁。

一六六、蔡襄

四贤一不肖诗成,馆阁铮铮著直声。
修靖素同除谏职,苏黄米并擅书名。
石梁有渡民咸赖,舍利何光佛独轻。
七百里松看手植,青青长荫路人行。

一六七、王安石

何不钟山早寄身,皋夔稷契负经纶。
尽更法度皆妖世,多读诗书也误人。
官只合应居学士,史犹未至列奸臣。
平生执拗无他故(温公语),曾布章惇敢比伦。

一六八、司马光

野老田夫识相公，公无归洛相朝中。
立除新法锄民害，频进忠言发帝聪。
《通鉴》续书开秘阁，封章定策立储宫。
碑题奸党谁镌字，愧杀长安一石工。

一六九、苏轼

奇才终不用公卿，徒以文章侍迩英。
凤御回翔叨史职，乌台锻炼坐诗名。
禁中荣撤金莲烛，海外欢尝玉糁羹。
情重弟兄千古少，雪堂风雨对床声。

一七〇、黄庭坚

架上书非诵读功，解经难使侍中穷。
蜀都教士相从众，潞国知人再任公。
诗法平生师杜老，才名当代配坡翁。
石牛洞乐林泉胜，终叹生涯类转蓬。

一七一、林逋

江淮放浪意翛然，高卧孤山二十年。
樵叟牛童相往复，梅妻鹤子与缠绵。
书羞封禅他时献，诗怕留遗后世传。
踪迹但求城市避，结庐营墓向湖边。

一七二、陈东

寒蝉噤口孰能鸣,五上书偏伏阙争。
扫荡奸风诛六贼,激扬士气率诸生。
言无避忌忠谁纳,事不从容祸已撄。
数万军民呼震地,登闻鼓听乱挝声。

一七三、李若水

富贵何由志动摇,常山拔舌共昭昭。
偷生不节臣心耻,抵死无声敌气消。
二帝因之终北地,一人藉以壮南朝。
孤忠万古名留宋,几辈英魂肯让辽。

一七四、李纲

赵家社稷已无灵，抗论难期万乘听。
公罢七旬真宰相，帝开一局小朝廷。
汪黄计沮关天意，襄汉声援失地形。
心似孔明终不用，故应戎马接郊坰。

一七五、宗泽

两宫北去奈君何，一旅勤王誓枕戈。
特识早留飞将在，孤军那许敌兵过。
江淮累奏皆还阙，风雨连呼但渡河。
自古英雄如美女，不教人见白头多。

一七六、赵鼎

养威持重股肱良,再赞亲征抚建康。
国史两朝修宰相,《尚书》一帙赐君王。
有功未许他人埒,欲杀何能此老忘。
愁甚家门遭祸惨,誓心不食死遐方。

一七七、韩世忠

身经百战劫灰余,忠勇旗扬帝手书。
大将弈棋坚壁际,夫人桴鼓驻江初。
少犹尚气骑生马,老不言兵跨蹇驴。
领略西湖风景丽,汴京宫阙久荒墟。

一七八、岳飞

燕云唾手报君恩，奉诏班师泪暗吞。
亲灭两宫甘忍辱，狱成三字竟含冤。
未谋老将骑驴计，适践书生叩马言。
太息十年空血战，将军一死弃中原。

一七九、陆游

两河百郡念孤臣，南渡书生第一人。
闲似白公筋力健，忧如杜老性情真。
不夸手著三朝史，但喜身为六世民。
自号放翁非浪放，严陵秋月镜湖春。

一八〇、陆秀夫

君臣播越痛流离，泪拭朝衣左右悲。
最苦垂帘咨众策，犹教正笏肃官仪。
太妃匆猝称奴候，丞相仓皇负帝时。
家国尽随沧海去，浙江三日断潮期。

一八一、文天祥

崖山慷慨留诗句，柴市从容振义声。
正气尚思支局运，忠肝不愧贺科名。
五坡忽破心先碎，四镇空谋事未成。
恸哭西台知己泪，招魂无限死生情。（谓谢皋羽）

一八二、谢枋得

警鹤摩霄亦可怜,麻衣东向泪潸然。
怒医无意还投药,卖卜何心更问钱。
空变姓名悲此日,枉登科第忆当年。
壁间碑读曹娥泣,翻觉巢由不足传。

一八三、谢翱

丞相身亡客恨添,冬青树上泪频沾。
江山恸哭伤何极?竹石高歌碎不嫌。
南渡无家遥殉宋,西台有墓近依严。
自称晞发三闾慕,詹尹奚烦出处占。

金

一八四、元好问

嵩少嵯峨几度攀,蹑云踏月不知还。
名高玉署金闺上,身乐箕山颍水间。
一代宗工诚独步,两朝文献颇能娴。
频来野史亭边坐,自诩雄才匹马班。

元

一八五、耶律楚材

瑞兽何来识角端,班师即日帝回銮。
天符方告称祥易,民命能全止杀难。
十策奏君欣执简,三科试士庆弹冠。
谏除扑买愁为害,颠上陈辞泪未干。

一八六、赵孟頫

白云挥手谒丹闱,草诏新沾雨露恩。
官到蓬山唐学士,郡犹天水宋王孙。
仙才漫并东坡重(元宗尝与侍臣论文学之士,以公比宋苏子瞻),师法终推北海尊(公书凡三变,晚学李北海)。
难得一家工点画,爱留墨妙护沙门。

一八七、余阙

小孤山遏大江回,独力难支志已摧。
十日抵官烽举火,六年杀贼劫成灰。
但教清水流塘在,不愿和州守庙来。
妻子相随从国难,满门奇节后人哀。

明

一八八、刘基

礼贤筑馆遇何隆，王道敷陈象纬通。
解带写诚诸葛节，运筹决胜子房功。
酬恩每感投机始，嫉恶偏伤饮毒终。
辅翊治平儒者学，阴阳风角岂知公。

一八九、高启

伯温格律真雄者，季迪风华又过之。
学重三吴修旧史，名高四杰咏新诗。
上梁不合文为讽，肆市堪嗟命独奇。
十友招魂来北郭，青丘子去有同悲。

一九〇、方孝孺

双眸炯炯读书功，想见先生激烈风。
国有忠臣当智士，王非孺子孰周公。
一身决绝成人杰，十族牵连做鬼雄。
白刃绯衣争赴难，高台伴结雨花中。（谓景公）

一九一、铁铉

燕飞不过济南州，独以书生雪国仇。
板下也曾伤马首，牌悬终可护城头。
鸾刀惨割寒心肉，鼎镬惊翻炙手油。
最痛蛮方烟瘴苦，高堂白发还羁囚。

一九二、于谦

尘蒙北狩方同耻,星变南迁孰敢专。
君丧有君留国脉,辟还复辟授奸权。
一腔血洒知无地,雨字冤沉莫问天。
不见英皇疑狱折,空教回首悔他年。

一九三、王越

白盐滩畔曾歼寇,黑石崖前又奏功。
拥妓围炉酣对雪,纵兵焚帐猛乘风。
咸推武将三边重,谁见文臣五等崇。
绝艳倾城军校赐,了无吝惜亦豪雄。

一九四、李东阳

孤立朝端五十年,保全善类有微权。
辞官不急诛刘瑾,去国终当愧谢迁。
遂使豹房兵入卫,奈无鱼菜客开筵。
可怜宰相调羹手,却作书家乞米钱。

一九五、王守仁

云中送下梦神人,性好言兵善射身。
山海关前侬塞客,龙场驿里化苗民。
叛藩就缚销烽火,逋寇追奔扫劫尘。
底事恨公多讲学,书生远胜折冲臣。

一九六、杨继盛

五奸十罪势方张,为感君恩拜奏章。
披胆不教蛇拥护,附名偏恐虎留藏。
空怜西市囊三木,谁向东宫质二王。
终古钤山遗臭甚,何如枷锁满城香。

一九七、张居正

起衰振堕干才称,祸发端由隙可乘。
宰相夺情伦早灭,大臣揽政谤先腾。
两宫恩眷精金赐,三子科名上第登。
归去犹然权国事,诏书驰驿到江陵。

一九八、海瑞

布袍脱粟下车初,老仆终朝责种蔬。
斋醮售欺方切谏,豪强贾害必先锄。
有谁境内除供顿,未碍山中察起居。
意在惩贪嫌过激,剥皮囊草法何如?

一九九、周遇吉

惨淡烽烟塞道涂,区区代郡势原孤。
未闻破阵联诸镇,空识当关用一夫。
义动士民拼巷战,忠怜寇贼忍城屠。
山头飞矢看如雨,妇女弯弧那惜躯。

二〇〇、史可法

国步多艰力已殚,金陵一局又棋残。
权臣掣肘功何易,悍将离心势更难。
燕子矶边擐甲胄,梅花岭下葬衣冠。
圣朝赠恤超千古,褒慰忠魂御笔刊。

附录

曹振镛行述

曹恩溁

皇清诰授光禄大夫，经筵日讲起居注官，太傅，武英殿大学士，管理工部事务，翰林院掌院学士，入值南书房，上书房总师傅，军机大臣，赐谥文正，入祀贤良祠，显考俪笙府君行述：

呜呼痛哉！府君竟弃不孝恩溁等而长逝耶！府君继先大父文敏公后，起家翰苑，擢任纶扉，受三朝知遇之隆恩，显两世赞襄之伟绩。虽年跻八秩而精神强固，方谓安享期颐，讵知疾病偶婴，惨遭大故。府君之病也次日，上派员存问，府君递折谢恩并请假五日。蒙谕安心在家调养，窃期渐次就痊。乃饮食少进，神气日颓，参苓罔效，延至正月初三日溘逝。呜呼痛哉！不孝等侍奉无状，天降鞠凶，泣血椎心，万死莫赎，尚何忍腼颜偷息于人世耶？府君属纩之明日，遗疏奏闻。上嗟叹再三，悼惜不置。谕曰：

大学士曹振镛问学渊博，献替精醇，公正慎勤，老成持重。自其父曹文埴供职内廷，渥承皇祖高宗纯皇帝知遇，擢至户部尚书。嗣曹振镛仰荷祖皇特达之知，由翰林洊升詹事。皇考仁宗睿皇帝亲政以来，洊加升擢，简任纶扉。朕御极之初，特授军机大臣。十四年余，一德一心，深资启沃；丝纶首掌，巨细毕周；夙夜在公，始终如一：实朕股肱心膂之臣！服官五十余年，历事三朝，身跻崇要，从未稍蹈愆尤，动循矩法，克副赞襄。念其年跻八秩，特命肩舆入直，俾节劳勤。上年，因微疾请假，派员存问，俾安心在寓调养，优加慰劳。方冀速痊，照常入直。讵意数日之间，遽成长往。顿失腹心之臣，不觉声泪俱下。悼惜难堪！着加恩入祀贤良祠，赏给陀罗经被并手串、烟壶、暖手各件，派穆彰阿带领侍卫十员，即日前往奠醊。朕于本月二十九日亲临赐奠，并着赏给广储司库银二千两，经理丧事。其任内一切处分，悉予开复。应得恤典，着该部察例具奏，伊子曹恩滢着赏给四品卿，俟服阕后，遇有四品京堂缺出，着该部开列请补，用示朕轸怀耆旧，恩赉有加至意。钦此。

嗣礼部，具恤典。题奏，恩赐祭葬如制。谕曰：

朕亲政之初，见大学士曹振镛人品端方，学问优长，特授为军机大臣，用资启沃。十四年余，靖恭正直，历久不渝。虽身跻崇要，小心谨恪，动循矩法，从未稍蹈愆尤。凡所陈奏，均得大体。老成持重，懋著忠勤，实朕股肱心膂之臣！从前，乾隆年间大学士刘统勋，嘉庆年间大学士朱珪，仰蒙皇祖高宗纯皇帝、皇考仁宗睿皇帝鉴其品节，赐谥文正，易名之典，备极优隆。曹振镛实心任事，体用兼优，外貌讷然，而献替不避嫌怨，朕深倚赖而人不知。揆诸谥法，实足以当"正"字而无愧。兹据该衙门奏请予谥，着加恩赐谥"文正"，用示朕眷怀良辅，宠锡嘉名至意。钦此。

218

嗣奉谕曰：

大学士曹振镛，先朝耆旧，久直内廷，端谨老成，靖恭正直。十四年余，嘉谟嘉猷，深资倚赖。前因溘逝，特崇懋典，用奖前勋。业加恩赐，谥文正，并准其入祀贤良祠。伊子曹恩濚服阕后，以四品京堂补用。朕追维良辅，叠沛隆施，兹复派令惠郡王前往赐奠。伊孙曹绍桐着赏给举人，准其一体会试。将来灵柩回籍时，着沿途地方官照料，妥为护送，用示朕笃念耆臣有加无已至意。钦此。

褒嘉之旨，饰终之典，已极恩荣。不孝等跪读泣告，举家哀感，伏念府君生平，居官行己、学问文章，无不在圣明奖谕之中。不孝等子孙世世，虽捐糜顶踵，莫能报称，何敢赘述一辞。惟府君自通籍以来，由翰林至首辅，夙夜小心，始终一节，凡所以答主眷、尽臣职者，皆将胪载国史，倘不及今哀缀，则不孝等获戾滋大。不孝承重孙绍桐，年少未悉颠末。不孝恩濚随侍日久，犹可记述崖略，用敢于苫凷之余，谨就见闻所及，和泪濡墨略陈梗概焉。

府君姓曹氏，讳振镛，字怿嘉，号俪笙，世居徽州府歙县之雄村。

高祖堇饴公，孝友性成，尤笃于追远报本，修祖坟，购祠产，敦睦宗族，洽比里闾，凡起废举坠之事皆身任不辞。

曾祖枫亭公，克承先志，建立祖祠，增置墓田，孤儿孀妇岁有养时，寒年饥家有助，而且治川涂，兴水利，族党咸称之。

祖荇原公，乾隆壬申（1752）① 恩科举人，庚辰（1760）进士，翰林院编修，官至户部尚书。年五十三，即以母老陈请终养，嘉庆三年（1798）卒于家，仁宗睿皇帝降旨补恤，赐谥文敏，国史有传。

三代皆诰赠光禄大夫太傅，武英殿大学士。高祖妣氏朱，曾祖妣氏朱，祖妣氏程，继祖妣氏张，均诰赠一品夫人。

文敏公生子二，府君居次，少多疾病。先大母程太夫人自为调护。

乾隆己卯（1759），府君甫五龄，程太夫人教以唐诗，即能成诵。及入学，就外傅读书，每日五十行，后至百行，皆背诵如流。

庚寅（1770）三月，程太夫人弃世时，府君病甚，哭母悲伤呼号欲绝，半年后病始脱体。

七月，扶程太夫人榇南行。

十月，抵家，依重闱膝下。

辛卯（1771），赴高祖董饴公墓祠读书。

是年，文敏公奉视学江右之命，府君随任。

次年归里，益潜心经史。

癸巳（1773），吾母鲍夫人来归。

四月，应童子试，县府试皆擢第一。

八月，学使大兴朱竹君先生按试，又擢第一，补博士弟子员。

---

① 为便于阅读，此行述中甲子纪年均夹注公元纪年。

甲午（1774）乡试，荐而未售。时文敏公学政任满还朝，府君亦赴京师。

乙未（1775）冬，文敏公奉命视学两浙，府君随任。在途闻先曾大父枫亭公去世，府君随文敏公奔丧归里。

十月，补增广生，旋补廪膳生。

丁酉（1777），乡试未售。

己亥（1779），府君应本省恩科，乡试中试第十九名，座师为礼部侍郎嘉善谢金圃先生、编修大兴翁覃溪先生，房师为娄县令建水张云峰先生。

庚子（1780），应礼部试，榜发知编修，会稽吴蓉塘先生力荐不售。

辛丑（1781），会试中试第三十五名，座师为礼部尚书长白德文庄公、吏部侍郎嘉善谢金圃先生、兵部侍郎平湖沈文恪公、左副都御史固始吴香亭先生，房师为检讨长白瑞芝轩先生。殿试第二甲五名，高宗纯皇帝召见文敏公，谕曰："汝子试卷，朕详加披阅，策字俱佳，无情面。"并问年岁及名。至再朝考第三名，引见，改庶吉士。文敏公具折谢恩，蒙召见，谓："汝子将来是好翰林，汝其加勉之。"

壬寅（1782）二月，文敏公命府君请假南旋。

十月，接先继大母张太夫人讣音，府君偕世父月锄公，星奔抵京，悲恸无已。

癸卯（1783）七月，文敏公命月锄公扶张太夫人榇归厝，府君留京师。

乙巳（1785）二月，府君服阕，因病未销假。

丙午（1786）三月，府君销假，入庶常馆，大教习为长白阿文成公、无锡嵇文恭公，小教习为嘉定曹习庵先生。每大课，交相赞赏。

丁未（1787）正月，文敏公因朱太夫人年逾八旬，陈请终养，奉旨俞允。

二月，文敏公束装出都，府君欲随侍南归，文敏公止之。

三月，先母鲍夫人去世。鲍夫人中馈相庄十五年，府君哭之恸。

四月，散馆，考试于正大光明殿。高宗纯皇帝临殿上，阅诸臣诗，府君蒙询。及阿文成公以诗稿呈递，特蒙褒奖，垂询年岁及文敏公抵家后朱太夫人精神若何。顾谓阿文成公曰："伊殿试在十魁内。"次日试卷进呈，钦定一等四名，引见，奉旨授职编修，旋充四库全书馆详校官。

戊申（1788）三月，吾母刘夫人来归。

庚戌（1790）二月，长兄恩洪生。

辛亥（1791），御试翰詹，府君考列三等十名，引见后，高宗纯皇帝复取府君卷阅看，特由编修超擢侍讲，旋充日讲起居注官。

壬子（1792），承命副吏部侍郎吴江金文简公典试浙江，得士傅德临等九十四人。

九月，奉命督学河南。

十月，抵省接印视事。

癸丑（1793）二月，次兄恩汴生。

甲寅（1794）五月，长兄恩洪殇。

乙卯（1795）十月，府君抵京复命。召见，问朱太夫人精神、文敏公在家光景，并云汝在河南声名甚好。先是河南抚军奏，府君在学政任，清廉风厉，颇能整饬士习。特命军机大臣于府君回京时提奏，故邀褒奖府君。在豫三年，申明学校成规，有不守卧碑者，严惩之。而董劝黉序，爱惜人才，所取出群拔萃者多，如黎河督襄勤公世序，吴侍郎其彦，齐提督慎，其尤著者。

嘉庆丙辰（1796）二月，转补翰林院侍读，充文渊阁校理。

四月，升授右庶子。

五月，奏派教习庶吉士。

十一月，补授翰林院侍讲学士，旋转侍读学士。

丁巳（1797），充咸安宫总裁。

十二月，不孝恩涞生。

戊午（1798）二月，御试翰詹。府君试卷进呈，钦定二等三名，升授少詹事。

六月，命为湖北乡试正考官，以中书邵瑶圃先生副之，得士黄道衷等六十二人。

八月，于闱中拜视学广东之命，府君以朱太夫人年逾九旬，且离文敏公膝下已阅八年，而赴粤必取道九江，离家仅计程五日，因于谢折内奏请乞假归里省视。

十月，抵家。文敏公扶掖朱太夫人坐堂上，府君彩衣拜谒。文敏公作诗四律志喜，有"堂中母老休言老，膝下儿荣更觉荣"之句，一时传诵。府君假满启程，文敏公执府君手曰："吾与汝受恩深重，汝当仰体吾心，益矢公慎，力图报效。"

九月，奉旨升授詹事，仍留广东学政之任。

十一月，抵广东省城。接印五日，闻文敏公讣音，府君即日奔丧，在途昼夜哀号。

己未（1799）正月，抵家。瞻拜灵帏，号恸几绝。文敏公遗折为当事者遏，不得上。府君以文敏公受两朝之恩遇，而不获以伏枕哀鸣之语上达天听，尤深隐恸。府君在家读《礼》，编纂文敏公诗文成集，刊刻行世。

二月，府君惊闻高宗纯皇帝龙驭上宾，胆裂角崩，呼天抢地。以文敏公丧在百日中，不敢赴京叩谒梓宫，昼夜悲泣。

庚申（1800）二月，奉仁宗睿皇帝谕旨，加恩补行给予先大父恤典，赐谥文敏。府君跪读之下，感激涕零。随即，俶装赴京谢恩。奉旨赏朱太夫人人参半斤、大缎二匹。命府君赍回，并蒙召见，垂问文敏公病状，深为悼惜。并询朱太夫人眠食甚详。府君奏明年二月服阕，祖母年已九十五岁，恳恩在家侍奉。谕云："足见汝有良心，此时且不必说定届期。"据实陈请，府君奏请恭诣裕陵，奉旨俞允。府君恭诣裕陵叩谒，伏念两世受高宗纯皇帝厚恩，痛哭不能自已。

五月，抵家。朱太夫人拜领恩赏人参、大缎，命府君具折谢恩。奉朱批："知道了。汝虽在家侍奉祖母，但系三品大员，有所见闻，亦应封奏，钦此。"府君具折覆奏。

十一月，朱太夫人弃世。府君擗踊呼抢，哀号悲痛。

辛酉（1801）二月，府君已服阕，因朱太夫人之丧未百日,决计于期年服满赴补,以副文敏公昔日告养之志。

壬戌(1802),期年服满,府君起程赴都,先期拜文敏公墓前,悲怆不能起立。

五月,抵京。恭请圣安,即蒙召见。谕云:"汝俟祖母期年服满来京补官,足见汝孝思。"即日奉旨补授通政使司。通政使常例,应候补詹事。此授,实殊恩也。

六月,充实录馆总纂官。派阅各省拔贡朝考卷。

十月,派稽查右翼觉罗宗学。

癸亥(1803)正月,府君兼看《实录》稿本,每日阅进呈本二、恭阅本二、稿本二。每一编,披阅再三,详勘而后定。

九月,奉旨充实录馆副总裁。所有恭纂稿本,特命府君敬谨专司勘办。先是彭文勤公奏明,自嘉庆九年(1804)起,一年成十年之书,十一年而《实录》告成。府君承命趣办,不敢稍懈。

十二月,擢内阁学士兼礼部侍郎,寻以原衔充经筵讲官,同日充文渊阁直阁事。递折谢恩,召见,谕曰:"因汝办《实录》,颇为尽心,故讲官直阁事俱用汝。"府君免冠恭谢,赴馆尽心纂办。隆冬严寒,舐呵冻,略无倦容。

甲子(1804)二月春仲,经筵充直讲。恭遇驾幸翰林院,赐宴和诗联句,宣赐书籍、绢笺、笔、墨有差。

是月,京察届期,奉上谕:"内阁学士曹振镛恭纂《高宗纯皇帝实录》稿本,尚为详慎,着交部议叙。钦此。"

四月,派阅考试差卷。

六月，署吏部右侍郎。

七月，晋工部右侍郎，兼管钱法堂事务，仍兼署吏部右侍郎。

八月，奉旨视学江西。

十月，抵省接印视事。文敏公于乾隆辛卯（1771）视学此邦，府君念昔日趋庭景况，意甚恻然。抵任，作五古三首，盖志忉也。

乙丑（1805）六月，调补吏部右侍郎，仍留江西学政之任。

丙寅（1806）十月，奉旨补授工部尚书来京供职。出省之日，士子送者三千余人。府君在江西两年，未卒任。每谓江西为人文渊薮，士习尤宜整饬。一以崇实黜浮，振拔寒微为务。故所取士掇巍科入翰苑者，不可悉数。

十二月，抵京复命。召见，奖励綦切。向例，大臣每当岁除，御书福字以赐。先期派定，府君后至。蒙恩续派出，与诸大臣同日拜赐。

丁卯（1807）二月春仲，经筵充直讲。

三月，充实录馆正总裁。《高宗纯皇帝实录》告成，所有皇史宬、盛京尊藏本，应列前衔，奉旨府君衔名，同排次缮写。

四月，蒙恩加太子少保，派阅考试差卷。

五月，以《高宗纯皇帝实录》告成，赐宴于礼部。府君以总裁蒙赐鞍马、银币有差。

八月，从兄恩沛在江南报恩寺读书应试，病没。月锄公只此一子，从兄又未有子，府君怜兄哭侄，南望流涕。

九月，奉命恭送《高宗纯皇帝实录》至盛京尊藏。

十月，抵奉天。遵旨将全书排次安厝后，赴裕陵叩谒敬告。礼成，奉旨交部议叙。

十一月，回京。

十二月，充皇清文颖馆正总裁。

戊辰（1808）二月春仲，经筵充直讲。

三月，兼署吏部尚书，旋署户部尚书。

四月，派阅会试覆试卷，派阅散馆卷，充殿试读卷官。先是三月，圣驾巡幸淀津，府君进《颂》十二章并《序》，俱恭集《圣制文》，后恭跋骈体文一首。召见嘉奖，特旨赐纱二匹。派阅朝考卷。

六月，兼署刑部尚书。

八月，奉命充顺天乡试正考官，吏部侍郎潘芝轩先生副之。取中宗室瑞林等七人，得士诸葛光泰等二百三十七人。

己巳（1809）二月春仲，经筵充直讲。

四月，充殿试读卷官。

五月，管理户部三库事务。

七月，调补户部尚书。

十月，恭逢仁宗睿皇帝五旬万寿，府君进《圣德征实颂》，蒙赏大缎、荷包、笔、墨、纸、砚有差。并命至南书房，将内外诸臣所进册挑选呈进。

庚午（1810）五月，充会典馆副总裁。是月，《文颖续编》告成，交部议叙。

七月，蒙赐《圣制皇舆图乐府》一函，府君重排梁周兴嗣《千字文》，恭跋呈进。次日，召见。谕云："汝所进重排《千字文》，与《皇舆图乐府》字句天成，具见巧思。"府君免冠恭谢。

八月，为兄恩汴授室。

十月，奉命充顺天武乡试正考官，内阁侍读学士彭修田先生副之。录中式士万青云等一百五十一人。

辛未（1811）正月，署兼管顺天府府尹事务。

三月，奉命偕大学士富阳董文恭公、兵部侍郎通州胡印渚先生、内阁学士长白文远皋先生，充会试总裁，取中宗室奕溥等三人，得士朱壬林等二百三十七人。

四月，兼翰林院掌院学士，充经筵日讲起居注官，闻月锄公于闰月去世。月锄公自从兄恩沛没后，目已双瞽。府君谓不孝等曰："以伯父之仁厚，而晚境之惨至于此极。"涕零如雨，悲恸惨甚。请假十日，为位而哭。

五月，兼署兵部尚书。

壬申（1812）二月春仲，经筵充直讲。

十二月，兼署工部尚书。

癸酉（1813）八月，署吏部尚书，留京办事。

九月，调补吏部尚书，协办大学士。未五日，补授大学士，管理工部事务，又管理户部三库事务。

十月，奉旨着为体仁阁大学士。

十二月，赐紫禁城骑马，旋晋加太子太保，充文渊阁领阁事。

甲戌（1814）正月，派稽查，钦奉上谕事件处。

二月春仲，经筵充直讲。

闰二月，充治河方略正总裁。是月，纂辑《全唐文》完竣，赏加二级。

四月，孙绍橚生。府君遵月锄公遗言，以绍橚嗣从兄恩沛为嗣。

五月，充国史馆正总裁。

七月，奉旨留京办事。自是年始至二十五年，每年春，圣驾谒陵；秋，启銮驻跸避暑山庄。府君俱留京办事。

八月，充会典馆正总裁。

十月，府君六十生辰。钦派兵部左侍郎宗室禧恩，颁赐御书"纶阁延晖"扁额、梵铜无量寿佛、珊瑚顶貂冠、蟒袍补褂、嵌玉如意、蜜蜡朝珠、八丝缎、瓷铜玉等件。府君恭设香案，叩头祇领，趋谢天恩。当蒙召封，仰荷天赐吉语，有"愿汝寿跻百龄"之谕。府君感悚交至，作《纪恩诗》六首。

乙亥（1815）二月春仲，经筵充直讲。

丙子（1816）正月，京察届期，奉上谕："大学士曹振镛总理工部，兼管三库事务，均属妥协。着加恩，交部议叙。钦此。"

二月春仲，经筵充直讲。

丁丑（1817）三月初六日，为不孝恩溎授室。是日，奉命偕吏部尚书大庚戴可亭先生、户部侍郎归安姚文僖公、刑部侍郎长白秀楚翘先生，充会试总裁，取中宗室桂斌等三人，得士庞大奎等二百四十九人。

十一月，府君因感冒，具折请假。未愈，复请展假。特命乾清门侍卫桂轮带同医官来寓诊视。

十二月，递折销假。蒙召见，详询病情，并命回寓加意调养。

戊寅（1818）十月，圣驾再诣盛京，祗谒祖陵。礼成，回銮。府君效班固《典引》，敬撰《典绎》一首呈进，备荷优奖。

己卯（1819）二月春仲，经筵充直讲。

四月，派阅会试覆试卷，派阅朝考卷。

九月，管理户部三库事务。府君管理三库，至是而三任，前此所未有。

十月，恭逢仁宗睿皇帝六旬万寿，府君撰《受命笃祜颂》，共颂六十章，章十六句。召见垂褒，并有"汝学问素优，出语典重"之谕。初八日，驾御正大光明殿筵宴，宣府君至御座前，手赐卮酒，并赏文绮有差。

十一月，奉谕旨"曾经赏马之文武大臣，俱准肩舆入直"。府君赐紫禁城骑马时，年方五十九岁，今又奉旨得肩舆入直，尤为旷典。

庚辰（1820）七月，仁宗睿皇帝驻跸避暑山庄，龙驭上宾。时府君留京办事，惊闻遗诏，碰头号哭。五中摧裂，不能起立。府君即在内阁住宿，泣思先帝厚恩，日夕悲恸。

九月，奉旨在军机大臣上行走，充实录馆监修总裁官，恭理丧仪。

辛巳（1821）二月，兄恩汴考试荫生，奉旨内用，签掣刑部行走。

三月，仁宗睿皇帝奉安，礼成，府君恭题神主，晋加太子太傅，并加随带二级。

四月，派阅考试差卷。

五月，奉旨着为武英殿大学士，寻赐第于内城三转桥。

壬午（1822）正月，京察届期，奉朱谕："大学士曹振镛办理部务，本属妥协，又自简。任军机大臣以来，敬共所事，实力勋勷，着加恩，交部议叙。钦此。"

四月，充殿试读卷官。

癸未（1823）正月，命作《元夕观灯赋》，赏洋表、线绉，以示褒嘉。

二月，上临雍视学，充直讲。

三月，奉命偕礼部尚书山阳汪文端公、吏部侍郎高邮王文简公、户部侍郎长白穆鹤舫先生，充会试总裁，取中宗室海朴等四人，得士杜受田等二百四十人。

四月，以《仁宗睿皇帝实录》黄绫本进呈。完竣，奉旨总裁纂修等，俱能恪恭将事，办理妥速，赏府君大卷纱二匹。

五月，命至澄虚榭之南观龙舟。赏葛纱、香袋等件，并赏御笔画兰扇。府君敬藏锦笥，珍为世宝。

八月七日，上幸万寿山玉澜堂，赐宴十五老臣，作诗以赐，并命恭和。赏御书寿字、玉如意、蟒袍、江绸、洋表、伽南手珠等件。府君年六十九岁，在十五人中，年齿居末。蒙逾格恩施，入宴画像。御赐句云："丝纶佐朕弥恭谨，抒忠献替资勋勷。"府君仰承褒奖，常以逾分引愧。

231

九月，赐游静宜园，并赐茶果。

甲申（1824）三月，赐游芳碧丛看玉兰花，并命分体赋诗应制。

四月，《仁宗睿皇帝实录》告成。皇史宬、盛京尊藏本，府君首列前衔，一如《高宗纯皇帝实录》排次缮写。府君蒙恩赏戴花翎。兄恩汴候选员外郎，遇缺即补。不孝恩浤，特赐举人，准其一体会试。府君谓："辑两朝之宝帙，叨三代之隆施。泽被于躬，赏延于世。"与不孝等言之，感激涕零，谆谆谕不孝等力图报效，毋自暴弃。

五月，以《仁宗睿皇帝实录》告成，赐宴于礼部。府君以监修总裁，赏鞍马、银币有差。

七月，充上书房总师傅。

十月，兄恩汴选刑部员外郎。奉旨加恩，以户部员外郎用。是月府君七十生辰，钦派内务府大臣阿尔邦阿至城内赐第，颁赏御书"调元笃祜"扁额、"秉钧日赞资良弼，杖国时康引大年"联对、"福""寿"字、梵铜无量寿佛、珊瑚顶花翎貂冠、蟒袍补褂、嵌玉如意、珊瑚朝珠、大缎江绸线绉、瓷铜玉等件。府君恭设香案叩头祗领，趋谢天恩。蒙温语优加，感深以惕，作《纪恩诗》八首。

乙酉（1825）正月，京察届朝。奉朱谕："大学士曹振镛，管理部务妥善，而承书谕旨、献替勋勤，尤为出力，着交部议叙。钦此。"

三月，兄恩汴，户部奏补湖广司员外郎。

丙戌（1826）四月，充殿试读卷官，派阅朝考卷。

十月，卜葬先大父文敏公、先大母程太夫人、先继大母张太夫人于吾邑西乡里高山之新阡。吾邑山多地少，以故安窀穸为难。至是，始觅得葬地。适值军书旁午，府君未敢乞假，特命兄恩沄告假以归。又格于成例，因专折奏请奉旨准给假，兄恩沄始得归里办葬事，府君犹以未亲捧土为憾。

十二月，奉旨入直南书房。文敏公于乾隆丁亥（1767），高宗纯皇帝命在懋勤殿写经；今府君又蒙恩入直南书房。次年为道光丁亥（1827），六十年之内，两世供奉西清，实为一时佳话。

丁亥（1827）正月，兄恩沄自里抵京，仍补户部湖广司员外郎。

七月，奉朱谕："现已谕撤大兵，筹办善后计。逆裔犯顺一年有余，凡一切军报、承书、谕旨，军机大臣等夙夜殚心，勤劳懋著，允宜特沛恩施。大学士曹振镛，着晋加太子太师。钦此。"

戊子（1828）正月，军营奏报生擒首逆。奉朱谕："自道光六年（1826）喀什噶尔用兵以来，军机大臣曹振镛等佐朕运筹军务，夙夜勤劳，承书谕旨，巨细无遗。去岁，因四城虽复，首逆未获，曾经稍示恩荣，朕意未惬。兹元凶生获，红旗报捷。军机大臣尤当再沛恩施，用昭奖劝。大学士曹振镛，着晋加太傅衔，赏用紫缰，仍着照军功例，交部议叙。钦此。"本朝汉大臣生前加太傅者，前此所未有。府君力辞，上不允所请。

四月，上御制《军机大臣像赞并序》，谓："岁前西陲用兵，诸臣夙夜在公，襄赞机谋，承书谕旨，无不尽心尽力，与朕同一忧勤。而大学士曹振镛，自简授军机大臣以来，公正慎勤，班联领袖，尤能殚心据实，巨细无遗。兹大功告蒇，特欲循照旧章，绘入功臣像，而朕之不自大其事、不自尚其功，亦可昭示来许。奈曹振镛等，善则称君，真诚逊让。朕亦难于强勉。在朕心，终未惬也。朕思之再三，允宜别绘一图，亲为制赞，以遂诸臣不敢列入功臣之心，而又能彰明帷幄之辅弼得人，不亦善乎？"《御制大学士曹振镛赞》曰："亲政之初，先进正人。密勿之地，心腹之臣。问学渊博，献替精醇。克勤克慎，首掌丝纶。"府君以褒嘉逾分，非臣下所敢受。叩首固辞，上不许。

六月，赏御笔画兰扇。

己丑（1829）元旦，上以御制《军机大臣曹振镛像赞》亲书绢幅，手赐府君。破格荣施，举朝争羡。府君捧回邸第，留传世世。

三月，奉命偕兵部尚书长白玉文恭公、兵部侍郎宝应朱咏斋先生、户部侍郎山阳李芝龄先生、光禄寺卿同邑吴退旃先生，充会试总裁，取中宗室瑞兴等四人，得士刘有庆等二百十四人。

八月，府君以足疾面奏请假。次日，特命御前侍卫道庆至寓看视，并赏克食，令加意调养。府君病未全愈，两日即销假。中秋后三日，随驾诣盛京恭谒祖陵。

九月，上御大政殿筵宴宣府君至御座前，手赐卮酒，蒙赏文绮有差。奉旨，军机大臣着加恩赏加二级，并命同王大臣至清宁宫东暖阁瞻仰先朝遗物。尤旷典也。

十月，府君随驾回京，奉上谕："大学士曹振镛年逾七旬，着于该衙门，应行带领。引见之日，免其带领引见，以示体恤耆臣至意。钦此。"府君面奉谕旨，感荷垂慈，叩首恭谢。

庚寅（1830）十一月，兄恩汴，户部奏升福建司郎中。

十二月，颁赏御书"同德贤良弼，单心赞治枢"联对。

辛卯（1831）正月，京察届期。奉朱谕："大学士曹振镛久任军机大臣，赞襄勤慎，承旨详明。着加恩，交部议叙。钦此。"

五月，兄恩汴疾没，府君老年丧子，痛不可言。次日，军机大臣奏闻。奉上谕："曹振镛着赏假十日，伊长子户部郎中曹恩汴，原得一品荫生，着加恩给予曹振镛次子曹恩溁，以示体恤。钦此。"府君感逾格鸿慈，推恩移荫，未十日即销假。

七月，不孝恩溁考试荫生。奉旨"以六部员外郎用，遇缺即补"。府君率不孝恩溁叩首谢恩。

八月，上五旬万寿庆辰，加惠臣工。因府君并无处分，赏戴双眼花翎。府君奏双眼花翎系军功酬庸之旷典，汉儒臣得此者为从来所稀有。因叩首固辞，上不许。

十月，不孝恩溁选刑部湖广司员外郎。是月，葬先曾大父枫亭公、先曾大母朱太夫人于吾邑西乡祊塘之新阡。枫亭公弃养五十余载，未安窀穸。府君时寄书与在闻、旭岑两叔父，促其早日寻觅吉壤。适两叔父书来，言堪舆家谓祊塘地方为可用，而两叔父相继去世。府君身任其事，择吉卜葬。谓不孝恩溁等曰："两世先垄，经营已就，庶可对祖、父而无愧乎？"

壬辰（1832）四月，充殿试读卷官，派阅朝考卷。

癸巳（1833）三月，奉命偕协办大学士云贵总督仪征阮芸台先生、兵部尚书长白那恭勤公、工部侍郎长白恩兰士先生，充会试总裁，取中宗室保清等三人，得士许楣等二百二十二人。府君主试南宫，至此凡五。本朝五典礼部试者，孝感熊文端公、长白德文庄公、韩城王文端公与府君四人而已。

甲午（1834）正月，奉谕在紫禁城内乘轿，府君面承恩旨，实为逾格旷典，叩首固辞，上不许。嗣京察届期，奉朱谕："大学士曹振镛久任军机，克勤克敬，年登八帙，精力如常。着加恩，交部议叙。钦此。"

二月，圣驾谒陵，府君奉旨留京办事。

十月十三日，奉上谕："大学士曹振镛，由乾隆年间供职词垣，嘉庆年间洊擢至大学士。朕亲政之初，简授军机大臣。久赞纶扉，倍加勤慎，现在年登八帙，精神强固，朕心实深嘉悦，允宜特沛殊恩，以昭懋眷。伊孙曹绍樃，着加恩赏给举人，准其一体会试，用示朕笃祜耆臣有加无已之至意。钦此。"府君率绍樃叩首谢恩。

十四日，府君八十生辰，钦派内务府大臣克蒙额颁赏御制诗"八帙洪开甲午年，嘉予元老弼仔肩。三朝雨露沾深泽，一德谋猷济巨川。梁栋有征资启沃，丝纶必慎冠班联。长兹寿寓君臣庆，政在亲贤幸得贤"七言律一幅、御书"领袖耆英"扁额、"紫阁图勋嘉辅弼，玉澜锡宴介期颐"联对、"福""寿"字、梵铜无量寿佛、珊瑚顶双眼花翎貂冠、蟒袍补褂、白玉如意、珊瑚朝珠、大缎江绸线绉、瓷铜玉等件。府君恭设香案，叩头祇领，趋谢天恩，并恭和御制元韵诗呈览。蒙温语吉祥，感激涕零，作《纪恩诗》八首。俾后嗣子子孙孙知遭逢之盛、遇合之隆、赏赉之优、褒奖之厚，有非梦想所敢期者。

十二月十三日，府君左脚筋力拘挛，艰于举步。服舒筋养血之剂，未几就痊。

二十七日申刻，府君忽心体不适，因即就寝。

二十八日，仍照常入直。适是日进内后大风不止，觉精力难支，蒙谕回寓调养，晚餐尚能如旧。

二十九日卯刻，上派乾清门侍卫倭什讷至寓视疾，府君急起趋迎，望阙谢恩，气喘不止。急投参苓，渐次平复。

三十日犹进饮食。

至本年（1835）正月初一日早晨，精神疲软，仍扶病起坐，午后肝气上冲，痰渐上涌，即口授不孝遗折，命速缮呈阅，并谕不孝以上报国恩及居官立身之道，谆谆以"清、慎、勤"三字为训，言不及私。

初二日寅刻，舌蹇神昏，药饵不能下咽。

延至初三日辰时，竟尔弃养。

呜呼，痛哉！孰意府君遂不复奉日月之光耶？府君度量恢宏，识见卓荦，遇事持正，见事又极决断。不以煦煦为惠、察察为明。办理部务，恪守成宪，未尝轻议更张，从无顾虑取巧见长之念。故历官五部，修书各馆，未有与人龃龉者。自任卿贰，即频蒙召对，至枢庭趋直，日觐天颜，剀切敷陈，小心慎密，谋猷入告，温树不言，不孝等益无由窃闻一二也。府君在翰林中，性落落，寡交游。阿文成公、王文端公皆以府君世家子弟，能卓然自立，相待优厚。胡文恪公特深引重，谓人曰："曹太史，静默有远志，言不妄发，其意气矫然，非常人也。"府君益自励，每遇旧好，讲论娓娓，至夜分不倦；否则不交一语。虽至戚密友，不可干以私。尝云："我无求于人，人亦无求于我。"又云："有不可随人之事，无不可共事之人。"盖心气和平，即大喜愠，无疾言遽色。与之语者，如坐春风，人咸以此敬服之。

府君天性孝友，年十六时，程太夫人弃世，哀毁如成人。迄今与不孝等言之，潸然流涕。文敏公告养后，府君屡欲请假南归。文敏公不允，望云思亲，未尝顷刻忘。及粤东奔丧，痛不欲生，时以不及侍汤药、视含敛为憾。遇讳日，辄谢客斋素，饮泣终朝。府君读《礼》，家居侍朱太夫人，承欢色养，晨昏弗懈。逮朱太夫人见背，府君俟期年服满，始入都补官。孝思维则，上邀圣鉴。世父月锄公之没也，府君常抱眷令之恸。前于嘉庆四年（1799），已貤封通议大夫、詹事府詹事，伯母程淑人。嘉庆二十五年（1820），复请将本身妻室封典，貤赠月锄公为光禄大夫、体仁阁大学士，伯母程一品夫人。在家课从兄恩沛读书，手缮文授之，期望甚大。于其没也，哀恸累月。及兄恩沛生子绍槲，即以为兄后。

府君厚于师友，业师查苍林先生从游最久，老犹思念，特寄资与先生之孙，为修墓，置祀田。座主翁覃溪先生，负一时重望。府君在门墙四十余年，酬唱之作最夥。先生尝与府君言:"吾门下士多矣,如老友之虚心好学,罕有其匹。"临终执府君手,未忍离。府君恤其孤孙,每言"此吾师一脉之传",暇即往视。同年程兰翘先生,同居八载,亲如手足。令子侍郎恩泽为府君所取士,待如子弟。裘西园先生,亦府君乡榜同年。甲戌(1814)至京,每出城,悬榻以待,挑灯话雨,漏三四下,谈论不休。府君尝谓"此吾总角交也"。壬午秋,作《叹逝诗》二十首,于师友之谊,惓惓弗置云。府君家居日少,而于戚谊尤挚。凡远来告乏者,必量力而厚赠之。府君遇盛举,欣然乐为。文敏公视学江西,恢南昌试院,建十二棚,增四千余席。八邑之士暨阖省诸生之录遗者,至今感颂。及府君再至,已阅三十余年,追念先猷,因旧址而新之。士子上"福曜重晖"额以扬德意。吾歙会馆将倾圮,府君谋诸同乡之官京师者,鸠工修葺,不惜多金,为之首倡。又以同族之应试金陵与公车北上,旅费维艰,而孀居人众,尤苦食贫,因以俸余千金,寄归文会书院,以益族中公用。戊子(1828)夏,吾邑出蛟,村中被水灾,宗祠、书院墙垣皆冲塌。府君得信,即遗书族长,措寄千金作修理费。府君语不孝等曰:"他日薄有余金,吾尚欲于桑梓,公事经理,以成吾志。"

府君立身勤敏,处事精详。凡所著述,辞必己出;凡所综理,事必躬亲。每承书谕旨及衙门奏章、翰苑呈进之文,无不反复阅视,斟酌尽善。一事原委之由,必求真确;一字点画之讹,必加改正。不喜人轻率,以为敬尔在公,乃分之宜。

府君博极群书,少所成诵,老而弗忘,尤精《选》学。《两都》《三都》《两京》诸赋数十篇,应声背诵,尽卷不错一字。至于阁簿科钞，一览即默记在心；朝廷之典章，时事之沿革，罔不洞悉，源流了如指掌。以故各馆修书，府君俱奉命为正总裁；两朝《实录》，府君皆始终其事，列名卷首，稽古之荣，于斯为极。三十余年以来，府君屡司文柄，文敏公典试视学之地，府君无弗至者，人咸以东南大省，父子相继持衡，为世所罕觏。府君公慎自矢，得人称盛，待门下士谊最重，然从无门户。后进之品学素著者，虽不一投刺，而宏奖引掖不遗余力。府君自奉节俭，敝衣粗食，刻意坚苦，生平无嗜好。自入纶阁及参机务，早出晏归，随时检点约束不少怠，以持盈戒满为兢兢。退直之余，即展卷吟诵。府君送《高宗纯皇帝实录》至盛京恭藏，回京奏进恭跋册。仁宗睿皇帝召见嘉奖，并面谕："作跋呈阅，即可觇汝之学识。"嗣后每读圣制诗文，辄恭跋缮册呈进。国有大庆典，必积思累日作为文字以献，一经宸览，备邀温谕奖赉。仁宗睿皇帝作《皇舆图乐府》《题耕织图诗》《咏二十四气诗》。丹稿初成，特命府君向南书房大臣取阅，俾得先睹宸章。府君受三朝特达之知：官翰林时，以编修而擢侍讲；官通政时，以总纂而授副总裁；官尚书时，协揆未五日而拜大学士；官宰辅时，入阁甫三月而晋太子太保。至若再世司农，三番赐寿，恭修《仁宗睿皇帝实录》，告成以馆臣而恩赏花翎。恭逢皇上五旬万寿庆辰，以文臣而恩赏双眼花翎，尤为人臣未有之遭逢。兄恩汴以荫生内用，两次奉旨，遇缺即补。不孝恩溎，蒙恩赏给举人，又以荫生奉旨，遇缺即补。府君谆谕不孝，叠荷推恩延赏，当矢勤矢慎，黾勉图报，不孝等谨志之不敢忘。府君教不孝等，以孝弟忠信为本，以笃实谦和为主，而尤以浮薄乖僻为戒。尝训不孝等曰："汝等学识不远，慎勿轻议人过失，'防意如城''守口如瓶'二语最为立身行己之要。"待不孝等以慈顾复恩勤，无微不至。偶有疾病，则忧愁弗释，时加垂问。今而后燥湿寒暑，不孝等欲求如昔日之瞻仰依怙而不可得矣！府君之垂慈若此，不孝等何以为人子耶？

府君服官五十四年，居相位者二十二年，掌翰林院者二十四年，充经筵讲官者九年，充经筵日讲起居注官者二十四年，特命进讲者九，临雍进讲者一。自嘉庆丁卯（1807）始，与新正重华宫茶宴者二十二，与上元正大光明殿小宴者二十三。前后所得珍赉便蕃，不可胜纪。嘉庆丁卯（1807）至庚辰（1820），赐御书"福"字者十四，圣制诗文及墨刻数十种。新正联句，则有如意、端砚、古画、三清茶瓯之赐；上元赓和，则有文玩、文绮之赐；端节，则有纱葛、宫扇之赐；岁暮，则有荷包、狍鹿之赐；庆典，则有如意、蟒袍大缎、洋烟、洋表、笺、纸、笔、砚之赐；特恩，则有御书扁额、藏佛、朝珠、珊瑚顶貂冠、蟒袍补褂、如意、文绮、瓷、铜、玉、鞍马之赐。圣驾秋狝，府君留京办事，则恩寄有鹿脯、奶饼之赐。道光辛巳（1821）至甲午（1834），赐御书"福""寿"字者十六，"迎祥"字一，御制诗文及墨刻各种。新正茶宴，则有玉杯、玉烟壶、端砚、三清茶瓯之赐；上元赓和，则有朝珠、文绮之赐；端节，则有纱葛、宫扇之赐；进春帖子，则有福绢、纸笔、朱墨之赐；岁暮，则有贡缎、荷包之赐；特恩，则有御笔画扇、御制诗章、御书联额像赞、上用貂褂、藏佛、朝珠、翡翠花翎、珊瑚顶貂冠、蟒袍补褂、如意、文绮、瓷、铜、玉、鞍马之赐。一岁之中，凡遇方物进呈，时邀颁赏。乙卯（1795）小春，仁宗睿皇帝手赐卮酒。己丑（1829）九月，皇上御崇政殿，手赐卮酒。每岁元旦，皇上手赐荷囊，以及玉澜堂之赐宴，静宜园之赐游，芳碧丛之赏花赋诗，皆为古今难遇之盛事。今天章巍焕，赐物骈罗，黻黼光华，琳琅照耀；而府君平昔感恩戴德之语，謦欬不闻。彼苍者天，胡夺我府君之速耶？

府君考究经史，期为有用之学，随手摘录，前后抄本盈箧；著作甚多，赓吟恭和之诗，撰进恭跋之文，俱存集中。已刊者，有《话云轩咏史诗》《一罘轩试诗钞》；未刊者，有《纶阁延晖文集》《纶阁延晖诗集》《十三经注疏名物象数钞》《经对字源》《有味斋试帖诗存》《引年书屋制义》共如干卷。不孝等当次第敬梓。

府君生于乾隆二十年（1755）十月十四日辰时，卒于道光十五年（1835）正月初三日辰时，享寿八十有一。配先妣鲍夫人，同邑新馆岁贡生，即用州同讳立然公女。继配吾母刘夫人，山西洪洞乾隆丙子科举人，原任兵部左侍郎讳秉恬公女。侧室朱太淑人、傅孺人、陶孺人。子三：长恩洪，陶孺人出，五岁殇。次恩汴，正一品，荫生，签掣刑部行走，选刑部福建司员外郎，引见奉旨以户部员外郎用，遇缺即补，旋补户部湖广司员外郎，升授福建司郎中，刘夫人出，先卒，娶同省芜湖缪，原任福建建宁府知府，讳晖吉公女。次不孝恩溁，太学生，恩赐举人，准其一体会试，正一品，荫生，选刑部湖广司员外郎，蒙恩赏给四品卿，朱太淑人出，娶江苏长洲彭，乾隆甲辰科进士，原任刑部右侍郎，讳希濂公女。女四：长，刘夫人出，适同郡黟县胡，候选道，讳学梓公子，道光壬午科举人，现任浙江杭州府知府元熙。次，刘夫人出，适浙江海宁查，前候选道，讳有圻公子，候选员外郎纶。次，朱太淑人出，适同邑蜀源鲍，河南候补知府，讳士贞公子，附贡生嘉亨。次，刘夫人出，适浙江桐乡冯，乾隆辛丑科进士，原任翰林院编修，讳集梧公子，候选兵马司副指挥开耀。孙六：长，绍榍，太学生，恩赐举人，准其一体会试，恩汴出，嗣嘉庆戊午科副榜从兄讳恩沛公，后娶同郡休宁程，太学生，名懋让公女。次，绍桐，太学生，恩赐举人，准其一体会试，恩汴出，娶同邑棠樾鲍，邑庠生，原任湖南候补道，讳步墀公女。次，绍梁，不孝恩溁出，聘直隶武清王，嘉庆己卯科进士，前任山西太原府知府，名世黻公女。次，绍梀，恩汴出，未聘。次，绍樾，恩汴出，聘同省庐江章，前任湖北盐法道，名廷梁公孙女；道光己丑科进士，现任山东道监察御史，名炜公女。次，绍枢，恩汴出，四岁殇。孙女三：长，不孝恩溁出，许字同省青阳王，乾隆庚戌科进士，现任经筵讲官兵部尚书，名宗诚公孙，现任刑部山东司员外郎，名元榜公子守焕。次，恩汴出，许字浙江钱塘许，嘉庆庚辰科进士，现任翰林院侍讲学士，名乃普公子彭寿，未嫁而殇。三，恩汴出，未字。

不孝等苦次昏迷，事多挂漏，语无伦次。伏冀当代立言君子，锡之铭诔，以传久远，不孝等世世子孙感且不朽。

慈侍不孝孤哀子曹恩溁，承重孙绍桐同泣血稽颡谨述。

243

赐进士及第，诰授光禄大夫，经筵日讲起居注官，东阁大学士，管理工部事务，翰林院掌院学士，文渊阁领阁事稽察钦奉上谕，事件处、国史馆正总裁，教习、庶吉士、军机大臣，年家眷晚生潘世恩，顿首拜填讳。

曹振镛传

曹振镛，字俪笙，安徽歙县人，尚书文埴子。乾隆四十六年进士，选庶吉士，授编修。大考三等，高宗以振镛大臣子，才可用，特擢侍讲，累迁侍读学士。嘉庆三年，大考二等，迁少詹事。父忧归，服阕，授通政使。历内阁学士，工部、吏部侍郎。十一年，擢工部尚书。《高宗实录》成，加太子少保。调户部，兼翰林院掌院学士。十八年，调吏部尚书、协办大学士。寻拜体仁阁大学士，管理工部，晋太子太保。二十五年，仁宗崩，枢臣撰遗诏，称高宗诞生于避暑山庄，编修刘凤诰知其误，告振镛，振镛召对陈之，宣宗怒，谴罢枢臣。寻命振镛为军机大臣。宣宗治尚恭俭，振镛小心谨慎，一守文法，最被倚任。

道光元年，晋太子太傅、武英殿大学士。三年，万寿节，幸万寿山玉澜堂，赐宴十五老臣，振镛年齿居末，特命与宴绘像。四年，充上书房总师傅。六年，入直南书房。七年，回疆平，晋太子太师。八年，张格尔就擒，晋太傅，赐紫缰，图形紫光阁，列功臣中。振镛具疏固辞，诏凡军机大臣别绘一图，以遂让功之心，而彰辅弼之效。御制赞曰："亲政之始，先进正人。密勿之地，心腹之臣。问学渊博，献替精醇。克勤克慎，首掌丝纶。"亲书以赐之。十一年，以万寿庆典赐双眼花翎。

十五年，卒，年八十有一。自缮遗疏，附折至十余事。上震悼，诏曰："大学士曹振镛，人品端方。自授军机大臣以来，靖恭正直，历久不渝。凡所陈奏，务得大体。前大学士刘统勋、朱珪，于乾隆、嘉庆中蒙皇祖、皇考鉴其品节，赐谥文正。曹振镛实心任事，外貌呐然，而献替不避嫌怨，朕深倚赖而人不知。揆诸谥法，足以当'正'字而无愧。其予谥文正。"入祀贤良祠。擢次子恩溁四品卿。

振镛历事三朝，凡为学政者三，典乡会试者各四。衡文惟遵功令，不取淹博才华之士。殿廷御试，必预校阅，严于疵累忌讳，遂成风气。凡纂修《会典》、两朝《实录》、《河工方略》、《明鉴》、《皇朝文颖》、《全唐文》，皆为总裁。驾谒诸陵及秋狝木兰，每命留京办事。临雍视学，命充直讲。恩眷之隆，时无与比。数请停罢不急工程，撙节糜费。世以盐策起家，及改行淮北票法，旧商受损，振镛曰："焉有饿死之宰相家？"卒赞成，世特以称之。

——《清史稿》卷三六三《列传》一百五十

曹振镛

曹振镛，安徽歙县人。父文埴，官户部尚书。自有传。

振镛，乾隆四十六年进士，改翰林院庶吉士。五十二年，散馆，授编修。五十六年二月，大考翰詹，列三等。谕曰："曹振镛虽列三等，然观其才具，尚堪造就，且系曹文埴之子，着加恩授侍讲。"十月，充日讲起居注官。五十七年六月，充浙江乡试副考官。九月，任河南学政。嘉庆元年二月，转侍读。四月，升右春坊右庶子。十一月，升侍讲学士。十二月，转侍读学士。三年二月，大考翰詹，振镛列二等，迁詹事府少詹事。六月，充湖北乡试正考官。八月，任广东学政。九月，升詹事。十二月，丁父忧。五年，特予曹文埴恤典，赐谥文敏。振镛入谢，上以文埴之母年九十有四，赐人参、缎匹，命振镛赍回，以资颐养。六年，服阕，七年五月，逾通政使司通政使。

八年九月，充实录馆副总裁官，命专司勘办稿本。十二月，迁内阁学士，兼礼部侍郎衔。寻充经筵讲官、文渊阁直阁事。九年二月，上幸翰林院，分韵赋诗，振镛与焉，赐绢、笺、笔、墨有差。时值京察，上以振镛恭纂实录稿本，尚为详慎，下部议叙。寻以恭尽实录内抬写之处讹缮一字，部议降一级调用，上从宽改为降三级留任。六月，署吏部右侍郎。七月，迁工部右侍郎。八月，任江西学政。十年二月，偕巡抚秦承恩疏言："万载县土棚两籍考试，请于原额十二名外，加额四名，不分土棚籍合考取进。"从之。十一年六月，调吏部右侍郎。十月，迁工部尚书。十二年三月，充实录馆正总裁官。四月，《圣训》《实录》告成，予议叙，振镛辞免，恩加太子少保衔。九月，命恭送《高宗纯皇帝实录》前往盛京尊藏，礼成，加二级。十二月，充文颖馆正总裁官。

十三年三月，署吏部尚书，寻署户部尚书。四月，充殿试读卷官。六月，署刑部尚书。八月，充顺天乡试正考官。十四年四月，充殿试读卷官。五月，管理户部三库事务。七月，调户部尚书。十二月，以失察工部书吏舞弊冒领三库银两，部议降二级调用，上加恩改为降三级留任。十五年五月，充会典馆副总裁官。十月，充顺天武乡试正考官。十六年三月，充会试正考官。四月，授翰林院掌院学士，充经筵日讲起居注官。十八年八月，复署吏部尚书。九月，调吏部尚书、协办大学士，寻擢体仁阁大学士，管理工部事务。十二月，赐紫禁城骑马，赏平定滑城功，以振镛职任纶扉，晋太子太保衔，充文渊阁领阁事。十九年正月，命稽察敛奉上谕事件处。闰二月，命续纂《河工方略》一书，振镛司其事。是月，纂辑《全唐文》完竣，赏加二级。五月，充国史馆正总裁官。七月，上谒东陵，命留京办事。九月，充会典馆正总裁官。十月，振镛六十生辰，御书"纶阁延晖"额，并服物赐之。

二十年三月，上谒东陵，命留京办事。先是，工部司员福海保送一等，寻任雁平道，缘事革职，将历次滥保各堂官均交

248

部议处，寻议降二级调用，上改为留任。七月，上秋狝木兰，命留京办事。二十一年正月，京察，上以振镛总理工部，兼管三库事务，均属妥协，交部议叙。二月，上谒东陵，命留京办事。七月，上秋狝木兰，复命留京办事。二十二年三月，充会试正考官。七月，上秋狝木兰，命留京办事。二十三年三月，上谒西陵，命留京办事。五月，以纂辑明鉴体制背谬，振镛等不知豫行请旨，部议降调，上加恩改为降三级留任。七月，上诣盛京恭谒祖陵，命留京办事。是月，工部续估东岳庙工程浮开银两，上以工部各堂官既于书吏舞弊毫无觉察，又失察司员得贼，平昔互相推诿，怠玩因循，将振镛等交部议处。寻议降调，上改为降三级留任。

二十四年七月，上秋狝木兰，命留京办事。九月，复管理三库事务。十一月，命振镛偕尚书穆克登额查估正阳门应修工程，振镛疏称大楼等处尚属稳固，时届寒冻，虽以施工，明岁南北向亦属不宜，请暂缓兴修。上以所奏甚是，从之。二十五年三月，上谒东陵，命留京办事。是月，兵部遗失行印，命振镛等鞫讯，以日久未能审出实据，降二品顶带。寻会审得实，复其顶带。七月，上秋狝木兰，命留京办事。九月，命在军机大臣上行走，充实馆监修总裁官。

道光元年三月，仁宗睿皇帝奉安礼成，振镛恭题神主，晋太子太傅衔，加随带二级。五月，授为武英殿大学士，赐第于每城三转轿。二年正月，京察，上以"振镛办理部务本属妥协，又自简任军机大臣以来，敬共所事，实力勋勤，交部议叙"。二月，承办坛庙工程司员得受官匠银两，复嘱托看册司

249

员朦混算销，上以该堂官漫不经心，将振镛等交部严议，寻议褫职，上加恩改为降四级留任。八年无过，方准开复。四月，充殿试读卷官。十二月，振镛等奏现察各处工程较多，请嗣后分别轻重情形酌办，不得同时并举，以重工料而节糜费，从之。三年正月，谕曰："朕于本年元旦御殿受贺，闾惠覃敷，左右近臣，允宜特加恩泽。大学士曹振镛失察承修工程司员，降四级留任，着加恩宽免。"二月，上临雍视学，振镛充直讲。三月，充会试正考官。八月，上幸万寿山玉澜堂，赐宴十五老臣，时振镛年齿居末，恩命入宴，画像，御制诗有"丝纶佐朕弥恭谨，抒忠献替资助勤"之句，褒振镛也。四年四月，《仁宗睿皇帝实录》告成，赏戴花翎，子恩沣，候选员外郎，遇缺即补；子恩溁，特赐举人，一体会试。七月，充上书房总师傅。十月，振镛七十生辰，御书"调元笃祜"额，"秉钧日赞资良弼，杖国时康引大年"联句，并服物赐之。五年正月，京察，上以"振镛管理部务，均属妥善，承书谕旨，献替劻勷，尤为出力，交部议叙"。六年四月，充殿试读卷官。十二月，入直南书房。

七年，回疆克复四城，谕曰："现已谕撤大兵筹办善后，计逆裔犯顺一年有余，凡一切军报承书谕旨，军机大臣等夙夜殚心，勤劳懋著，允宜特沛恩施。大学士曹振镛着晋加太子太师。"八年正月，回疆奏报生擒首逆张格尔，谕曰："自道光六年喀什噶尔用兵以来，军机大臣曹振镛等佐朕运筹军务，夙夜勤劳，承书谕旨，巨细无遗。去岁因四城虽复，首逆未获，曾经稍示恩荣，朕意未惬。兹元凶生获，红旗报捷，军机大臣等尤当再沛恩施，用昭奖劝。大学士曹振镛着晋加太傅衔，赏用紫缰，仍着照军功例，交部议叙。"四月，赐图像紫光阁，御制军机大臣像赞，并序曰："朕寅承大宝，日理万机，孜孜焉，惴惴焉，尝恐用人行政，或致阙失。每遇事必虚怀延纳，不敢自作聪明；而军机大臣曹振镛等皆能感戴皇考之遗泽暨朕之信用，是以知无不言，一心一德。即如前岁西陲用兵，诸臣夙夜在公，襄赞机谋，承书谕旨，无不尽心竭力，与朕同一忧勤；而大学士曹振镛自简授军机大臣以来，公正慎勤，班联领袖，尤能殚心据实，巨细无遗。兹大功告蒇，特欲循照旧章，绘入功臣像，而朕之不自大其事，不自尚其功，亦可昭示来许。奈曹振镛等善则称君，真诚逊让，朕亦难于强勉，在朕心终未惬也。试思汉高祖之大度，唐太宗之英明，运筹决胜，亦必须萧、曹、房、杜辅助而成也。矧戎为国之大事，朕临御以来，兴戎首举，嘉予内外文武诸臣，各殚心力，迅奏肤功。不然，则成功未能如此其速，筹划未能如此其善也。朕思至再三，允宜别绘一图，亲为制赞，以遂诸臣不敢列入功臣之心，而又能彰明帷幄之辅弼得人，不亦善乎。"御制振镛赞曰："亲政之初，先进正人。密勿之地，心腹之臣。问学渊博，献替精醇。克勤克慎，首掌丝纶。"

九年元旦，上亲书御制振镛像赞赐之。三月，充会试正考官。八月，随驾诣盛京恭谒祖陵，大礼庆成，赏加二级。十月，谕曰："大学士曹振镛年逾七旬，着于该管旗分衙门应行带领引见之日，免其带领引见，以示体恤耆臣至意。"十年十二月，御书"同德资良弼，单心赞治枢"联对赐之。十一年正月，京察，上以振镛久任军机大臣，赞襄勤慎，承旨详明，交部议叙。五月，振镛子户部郎中恩汴病殁，上传谕慰之，并以恩汴原得一品荫生予其次子恩溁承荫，示体恤焉。八月，上五旬万寿庆辰，加恩廷臣，振镛得赏戴双眼花翎。十二年，充殿试读卷官。十三年，充会试正考官。十四年正月，赐紫禁城内乘轿。时届京察，谕曰："大学士曹振镛久任军机，克勤克敬，年登八袠，精力如常。着加恩交部议叙。"三月，上谒西陵，命留京办事。十月，振镛八十生辰，谕曰："大学士曹振镛由乾隆年间供职词垣，嘉庆年间洊擢至大学士。朕亲政之初，简授军机大臣，久赞纶扉，倍加勤慎。现在年登八袠，精神强固，朕心实深嘉悦，允宜特沛殊恩，以昭懋眷。伊孙曹绍橚，着加恩赏给举人，准其一体会试，用示朕笃祜耆臣有加无已至意。"颁赏御制诗曰："八袠洪开甲午年，嘉予元老弼仔肩。三朝雨露沾深泽，一德谋猷济巨川。梁栋有征资启沃，丝纶必慎冠班联。长兹寿寓君臣庆，政在亲贤幸得贤。"又御书"领袖耆英"额，"紫阁图勋嘉辅弼，玉澜锡庆介期颐"[①]联对，并服物赐之。十二月，因感冒请假，谕令安心调理。

十五年正月，卒。谕曰："大学士曹振镛问学渊博，献替精醇，公正慎勤，老成持重。自其父曹文埴供职内廷，渥承皇祖高宗纯皇帝知遇，擢至户部尚书。嗣曹振镛仰荷皇祖特达之知，由翰林洊升詹事。皇考仁宗睿皇帝亲政以来，洊加升擢，简任纶扉。朕御极之初，特授军机大臣。十四年余，一德一

---

① 此联曹恩溁《曹振镛行述》作"紫阁图勋嘉辅弼，玉澜锡宴介期颐"。

心，深资启沃；丝纶首掌，巨细毕周；夙夜在公，始终如一：实朕股肱心膂之臣。服官五十余年，历事三朝，身跻崇要，从未稍蹈愆尤，动循矩法，克副赞襄。念其年跻八秩，特命肩舆入直，俾节劳勚。上年，因微疾请假，派员存问，俾安心在寓调养，优加慰劳。方冀速痊，照常入直。讵意数日之间，遽成长往。顿失腹心之臣，不觉声泪俱下，悼惜难堪！着加恩入祀贤良祠，赏给陀罗经被并手串、烟壶、暖手各件，派穆彰阿带领侍卫十员，即日前往奠醊。朕于本月二十九日亲临赐奠，并着赏给广储司库银二千两，经理丧事。其任内一切处分，悉予开复。应得恤典，着该部察例具奏。伊子曹恩濚，着赏给四品卿，俟服阕后，遇有四品京堂缺出，着该部开列请补，用示朕轸怀耆旧，恩眷有加至意。"寻赐祭葬，谕曰："朕亲政之初，见大学士曹振镛人品端方，学问优长，特授为军机大臣，用资启沃。十四年余，靖恭正直，历久不渝。虽身跻崇要，小心谨恪，动循矩法，从未稍蹈愆尤。凡所陈奏，均得大体。老成持重，懋著忠勤，实朕股肱心膂之臣！从前，乾隆年间大学士刘统勋，嘉庆年间大学士朱珪，仰蒙皇祖高宗纯皇帝、皇考仁宗睿皇帝鉴其品节，赐谥文正，易名之典，备极优隆。曹振镛实心任事，体用兼优，外貌呐然，而献替不避嫌怨，朕深倚赖而人不知。揆诸谥法，实足以当'正'字而无愧。兹据该衙门奏请予谥，着加恩赐谥'文正'，用示朕眷怀良辅，宠赐嘉名至意。"复谕曰："大学士曹振镛，先朝耆旧，久直内廷，端谨老成，靖恭正直。十四年余，嘉谟嘉猷，深资倚赖。前因溘逝，特崇懋典，用奖前勋。"加恩赐谥文正，并准其入祀贤良

253

祠。伊子曹恩滢服阕后，以四品京堂补用。朕追维良辅，叠沛隆施，兹复派令惠郡王前往赐奠。伊孙曹绍桐着赏给举人，准其一体会试。将来灵柩回籍时，着沿途地方官照料，妥为护送，用示朕笃念耆臣有加无已至意。"七月，谕曰："大学士曹振镛灵柩于月内起程，由水路回籍，着加恩于二十七日派御前侍卫道庆前往赐奠。到籍后，加恩赐祭一坛，着安徽巡抚邓廷桢派委道员一人前往奠酹。"

子恩滢，候补四品卿。

——《清史列传·大臣传次编七》

民国《歙县志》曹振镛传略

曹振镛,字俪笙,雄村人,尚书文埴子。少举进士第,官翰林院编修。事亲孝谨,进退容止不离典训之内。高宗以为有父风。大考迁侍讲。嘉庆初,累迁侍读学士、经筵讲官、文渊阁直阁事,预撰《高宗实录》。帝召词臣,宴禁中,振镛赋诗冠首,诏赐笔札。自吏工右侍郎擢为工部尚书、太子少保,转掌吏部事,拜体仁阁大学士。帝岁巡塞外,振镛以宰相常留京师决事。道光初,进拜武英殿大学士,军机大臣,兼上书房总师傅,赐第内城。以平喀什噶尔功,位太傅,图形紫光阁,列次功臣之首。十五年,卒于官,年八十一。帝亲临其丧,下诏褒恤,赐谥文正,从祀贤良祠。

振镛成进士,出翁方纲门,与翁酬唱之作最夥。翁卒,恤其孤孙。同年程昌期同居八载,亲如手足。于师友之谊拳拳弗置。先是文埴视学江西,恢南昌试院,建十二棚,增四千余席。振镛再至,已阅三十余年,追念先猷,因旧址而新之。京师吾邑会馆倾圮,振镛谋诸同乡之官京师者,鸠工修葺,不惜多金,为之首倡。又一再助家祠书院,费千金。凡所综理,事必躬亲。每承书谕旨及衙门奏章、翰苑进呈之文,无不反复阅视。一字点画之讹,必加改正。不喜人轻率,屡司文柄,得人称盛。陶澍督两江时,整理两淮盐政,革除根窝。以出振镛门下，以私书请命。振镛家故业盐，乃不恤其私，力赞之，事得以举。人称其难。著《纶阁延晖集》①《话云轩咏史诗》。

——石国柱编纂，民国《歙县志》卷六《人物志·宦迹》

---

① 《纶阁延晖集》：原刻误作"《纶阁延辉集》"。

《安徽通志》曹振镛传

曹振镛，字俪笙，歙县人，尚书文埴子。乾隆辛丑进士，历官至大学士，居相位凡二十二年，卒年八十一。

其在乾隆时由编修超擢侍讲，督学河南，高宗称其声名甚好。嘉庆三年，以詹事督学广东。父忧，归，服除，祖母没，期年始来京补官，仁宗称其孝。以通政使充实录馆总纂，寻充副总裁。十二年以工部尚书充正总裁。《高宗纯皇帝实录》告成，加太子少保。十八年以吏部尚书协办大学士，甫五日，补体仁阁大学士。赏平定滑城功，以振镛职任纶扉，晋太子太保。自十九年七月至二十五年七月，仁宗谒陵六次，秋狝木兰五次，皆命留京办事。

宣宗御，极简。任军机大臣，充实录馆监修总裁官，恭理丧仪。道光元年，仁宗睿皇帝奉安，礼成，恭题神主，晋太子太傅。三年，赐宴玉澜堂，绘像，为十五老臣之一。御赐诗句云"丝纶佐朕弥恭谨，抒忠献替资勖勤"。四年，《仁宗睿皇帝实录》告成，赏戴孔雀翎。七年，以喀什噶尔用兵，襄赞机务，夙夜勤劳，朱谕晋太子太师。八年生擒首逆张格尔，捷音至，朱谕晋加太傅，赏用紫缰。四月图像紫光阁，御制军机大臣像赞，并序曰："西陲用兵，诸臣夙夜在公，尽心尽力，与朕同一忧勤；而大学士曹振镛公正慎勤，班联领袖，尤能殚心据实，巨细无遗。"御制赞曰："亲政之初，先进正人。密勿之地，心腹之臣。问学渊博，献替精醇。克勤克慎，首掌丝纶。"十一年，上五旬万寿，加恩臣工，以振镛并无处分，赏戴双眼花翎。十四年，宣宗谒西陵，命留京办事。十五年以疾卒于位。谕曰："大学士曹振镛服官五十余年，历事三朝，年跻八秩，因病请假，派员存问，优加慰劳。讵意数日之间，遽成长往。顿失腹心之臣，不觉声泪俱下。悼惜难堪！着加恩入祀贤良祠。朕于本月二十九日亲临赐奠。"又谕曰："朕亲政之初，见大学士曹振镛人品端方，学问优长，特授为军机大臣，用资启沃。十四年余，靖恭正直，历久不渝。虽身跻崇要，小心谨恪，动循矩法，从未稍蹈愆尤。凡所陈奏，均得大体。老成持重，懋著忠勤，实朕股肱心膂之臣！从前，乾隆年间大学士刘统勋，嘉庆年间大学士朱珪，仰蒙皇祖高宗纯皇帝、皇考仁宗睿皇帝鉴其品节，赐谥文正，易名之典，备极优隆。曹振镛实心任事，体用兼优，外貌讷然，而献替不避嫌怨，朕深倚赖而人不知。揆诸谥法，实足以当'正'字而无愧。着赐谥'文正'，用副①朕眷怀良辅，宠赐嘉名至意。并准其入祀贤良祠。命惠郡王前往赐奠。灵柩启程回籍，命御前侍卫道庆前往赐奠醊。到籍赐祭葬如例。"

初，振镛六十生日，仁宗御书"纶阁延晖"匾额，谨以

---

① 副：曹恩溁《曹振镛行述》作"示"。

名其诗文曰《纶阁延晖集》，又有《话云轩咏史诗》。

——缪荃孙纂录《续碑传集》卷二《道光朝宰辅》

张星鉴《书曹文正公轶事》

歙县曹文正公历相三朝，侃侃以老成自居，同朝皆畏之。

星鉴闻诸乡下巨公云，道光年，成皇帝大考翰詹，诗题"巢林栖一枝"，众皆不知所出。公在军机，谓同官曰："此左太冲《咏史》诗也。"将全诗背诵，不失一字。成皇帝阅卷毕，大怒，以为翰林词臣也，无学乃尔，欲再试之。明日，召见公，询公诗题出处，公以不知对。成皇帝曰："汝亦不知，无怪若辈也。"遂已。军机诸臣叩公曰："昨公背诵全诗，不失一字，今奏对，何以言不知耶？"公曰："偶然耳。若皇上再以他题询，其能一一对耶？"人以为公之虚怀不可及云。

噫！后生小子一知半解辄自矜夸，闻公之风者，当知所愧矣。

——缪荃孙纂录《续碑传集》卷二《道光朝宰辅》

金天翮《曹文埴曹振镛传》

曹文埴，字近薇，歙县人也。乾隆初成进士，选庶吉士，改编修。以祠臣对策第二入直懋勤殿，历充日起居注官、右春坊右庶子。文埴精敏沈厚，度度凝整。少力学，恭俭自将，不为华靡纵戏事。自入翰林，益以古今治乱安危为上开说，言必本仁义。以侍学士出督江西、浙江学政，入为太子詹事。父丧归。服阕，拜左副都御史，守法争议，不阿权贵意。潍县吏刘铎敛取赋钱，倍国法。民讼诸朝，诏文埴往治，举劾得平。还充《四库全书》总阅官，预修《一统志》，三迁户部右侍郎、顺天府尹。五十年，宗室海升搒其妇吴雅氏，妇不胜痛，呼詈死。吏匿状，以自经上闻。文埴具奏，狱成，海升坐罪。除拜尚书，奏通便漕运。奉使浙江，计籍官藏耗帑，省补冗食，岁羡大万。又请造柴塘，遏息湍悍。凡所设施，辄先求人民利害废置之宜，挈持维纲，锄削荒颣，不拘拘于故事，以通变明练称。使还，吏议以文埴计浙江官帑非实，坐降二级，留知尚书。因进见，疏乞归养母。帝念其孝，进加太子太保，擢子振镛官侍讲，赐归故里，所以荣赠之甚厚。嘉庆三年，卒于家，诏赐祭葬，谥文敏。文埴为人，能礼贤引士，苟其人可取，不以寒素布褐而不用。工为诗文词，皆有法度。始文埴卒，其母尚老健，年已九十矣。子振镛终养大母，官至宰辅。

振镛，字俪笙，少举进士第，官翰林院编修。侍亲孝谨，进退容止，不离典训之内，甚得名誉。高宗以为有父风，迁侍讲。嘉庆初，累迁侍读学士、经筵讲官、文渊阁直阁事，预撰《高宗实录》。帝召词臣宴禁中，振镛赋诗冠首，诏赐笔札，自吏部右侍郎擢为工部尚书、太子少保。转吏部，拜体仁阁大学士。帝岁巡塞外，振镛以宰相常留京决事，道光初，进拜武英殿大学士、军机大臣，兼上书房总师傅，赐第内城。以平喀什噶尔功，晋太傅，图形紫光阁，列次功臣之首。十五年卒官，年八十一，帝亲临其丧，下诏褒恤，策书曰："皇帝咨故太傅武英殿大学士曹振镛，禀灵纯懿，含和中正。仪标人伦，忠形百世。自掌纶薇阁，登翼槐庭，弼亮三朝，式敷六典，天下蒸庶，咸以康宁。朕初践宸极，思古隆理，惟君一德，允副重寄。而天不慭遗，梁摧奄及，中心忧伤，如何可言？《诗》不云乎：'人之云亡，邦国殄瘁。'今使内务大臣某，持节护丧事，官供所需，赐祭葬，备物典仪如故事。呜呼哀哉！魂而有灵，嘉兹宠锡。"廷臣请谥，诏谥曰"文正"，从祀京师贤良祠，拜其子恩溁官四品卿。初，宣宗诏求直言，群臣希旨，奏事日积盈尺。帝批阅久，稍厌苦之。振镛请勿究议论，而以书体真率别取去。自后百官条奏，颇究笔画之工，而翰苑折楷之风大盛，其端自振镛启之。振镛以文学侍从结主知，虽专宠任，而廉谨敦行谊，始终无有过失，称为长者。

　　赞曰：皖人士父子名位之盛，歙有二曹，犹桐城之有二张也。文坛勋爵，不如张英，而急流勇退，朝衣奉母，休养林泉，亦可谓极人生之荣遇矣。清代以师傅之恩，赐谥"文正"，自朱珪始。振镛而后，杜受田、孙家鼐，器望相埒。独翁同龢以附和新政，交康、梁，放逐归田。没而不得谥，其后乃谥曰"恭"，盖犹有鄙夷之意焉，此其尤不幸者与！

——钱仲联主编《广清碑传集》卷九